빌어먹을 아이돌

샤이나크 현대판타지 장편소설

빌어먹을 아이돌 7

초판 1쇄 발행 2024년 8월 19일

지은이 ㅣ 샤이나크
발행인 ㅣ 최원영
편집장 ㅣ 이호준
편집디자인 ㅣ 최은아
영업 ㅣ 김민원 조은걸

펴낸곳 ㅣ ㈜ 디앤씨미디어
등록 ㅣ 2002년 4월 25일 제20-260호
주소 ㅣ 서울시 구로구 디지털로32길 30 코오롱디지털타워빌란트 1301-1308호
전화 ㅣ 02-333-2513(대표)
팩시밀리 ㅣ 02-333-2514
E-mail ㅣ papy_dnc@dncmedia.co.kr
블로그 ㅣ blog.naver.com/gnpdl7

ISBN 979-11-364-5540-6 04810
ISBN 979-11-364-5289-4 (SET)

※ 저자와 협의하여 인지는 붙이지 않습니다.
※ 이 책은 ㈜ 디앤씨미디어(파피루스)가 저작권자와의 계약에 따라 발행한 것으로 본사와 저자의 허락 없이는 어떠한 형태나 수단으로도 내용을 이용할 수 없습니다.

Vol. 7

빌어먹을 아이돌

샤이나크 현대판타지 장편소설

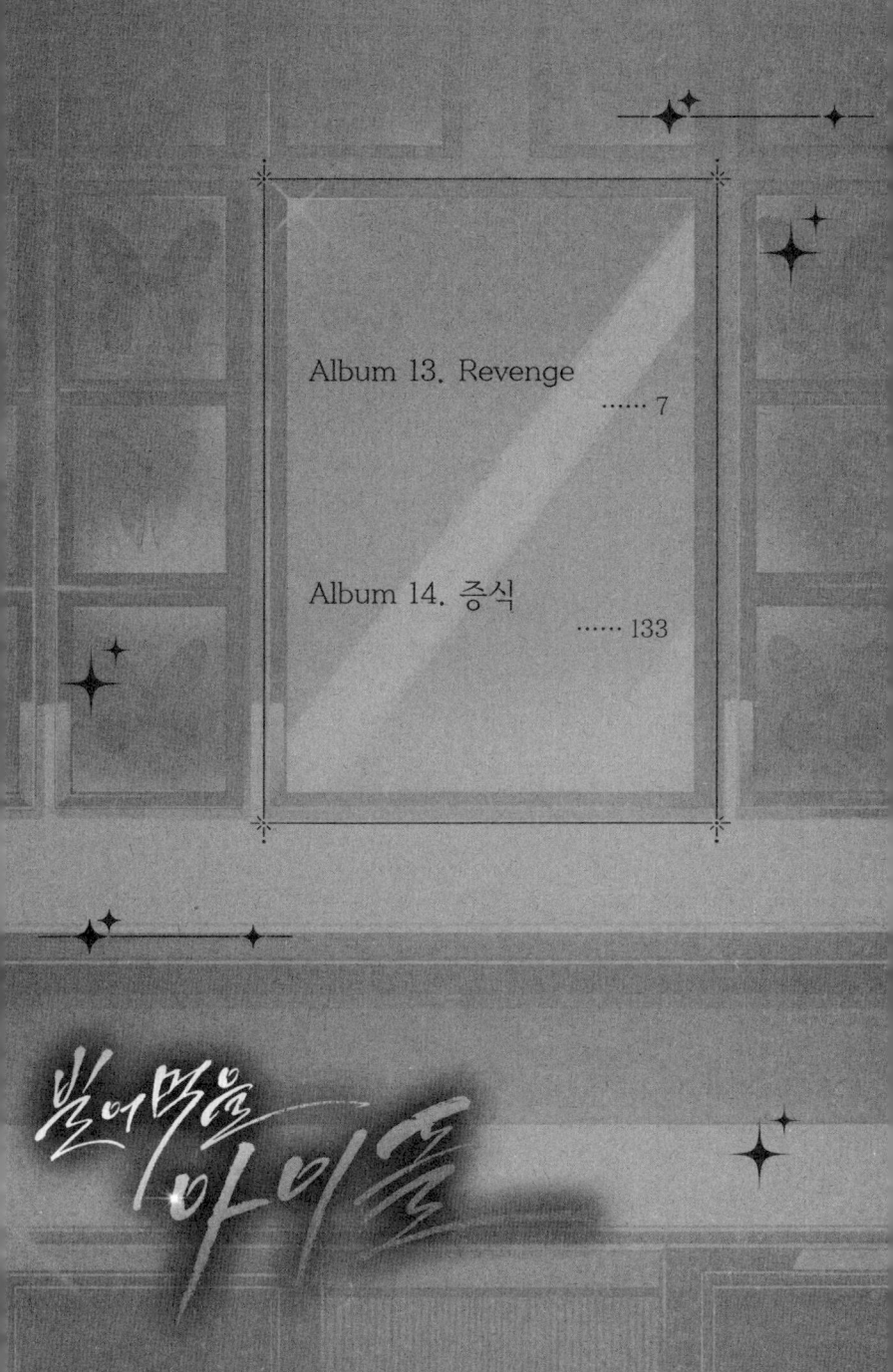

Album 13. Revenge
...... 7

Album 14. 증식
...... 133

Album 13. Revenge

 난 수많은 PTSD와 트라우마를 가지고 사는 사람이다.
 혼자만 기억하는 시간선에서 벌어진 일들은 날 괴롭히고, 짓밟다가, 어느 날 사라진다.
 하지만 대부분은 착각이다.
 사라졌다고 믿고 있지만, 계기만 생기면 불쑥 튀어나와서 말을 거니까.
 너, 그 순간을 기억하냐고.
 지금처럼.
 쾅쾅!
 "어, 어, 어떡하지?"
 "……."
 "나, 나가야 하나?"

패닉에 빠져 본인이 울고 있다는 것도 모르는 온새미로를 보고 있으니, 과거의 순간이 떠오른다.

"……."

생각하고 싶지 않다.

하지만 생각은 멈춰지지 않는다.

……뉴욕에서 랩을 할 때였다.

그 회차의 나는 랩 듀오에 도전했다.

메이저 시장에서 랩 듀오가 사라진 건 꽤 된 일이지만, 나 혼자서는 도저히 랩으로 2억 장을 못 팔 것 같아서.

그래서 함께 음악을 할 친구를 심사숙고해서 결정했다.

로빈 체이스.

흑인인데 백인 같은 이름을 가지고 있다고 항상 부끄러워하던 놈.

배움이 짧아서 지식은 없었지만, 타고난 지혜로움을 가졌던 놈.

날 정말 좋아했던 친구.

우린 듀오로 큰 성공을 거두었고, 사람들은 우릴 'Rush Hour'라고 부르기 시작했다.

북미에서 크게 흥행한 옛날 영화 제목이다.

동양인 성룡과 흑인 크리스 터커가 주인공으로 나온.

우리의 인기는 나조차 놀랄 정도였다.

첫 번째 앨범으로 다이아몬드(1,000만 장)를 찍었고, 그래미를 거머쥐었다.

로빈과 여러 회차를 보낸 게 아니라, 첫 번째 회차였는데도 말이다.

처음으로 2억 장에 대한 희망이 보이기 시작했다.

이대로만 가면 모든 게 잘될 것 같았다.

하지만 로빈에게 문제가 발생했다.

그의 부모와 일가친척들 때문에 생긴 일이었다.

성공한 흑인이 유년기를 보낸 커뮤니티를 부양하는 건 흔한 일이었지만, 받는 이들이 그걸 당연하게 여기면 안 되는 거다.

하지만 그들은 당연하게 여겼고, 더 많은 걸 요구했다.

현명했던 로빈은 자신의 성공이 오히려 그들의 행복을 빼앗아 갔다고 생각했다.

단기간에 윤택해질 수는 있어도 결국 모두를 망하게 만드는 길이라고 판단하며.

"차라리 지역 장학재단을 조성하고 시스템에 맞춰서 후원하는 게 낫겠어."

그래서 그는 커뮤니티를 외면했고……

-탕!

총에 맞아 죽었다.

호텔로 사촌들이 불만을 가지고 찾아왔다고 했을 때, 로빈이 날 쳐다보던 눈빛이 떠오른다.

"어떡하지? 시온."

당시 내가 뭐라고 했었는지 기억나지 않는다.
아마 당당하게 의견을 피력하라고 했던 것 같다.
그랬으면 안 됐다.
경호원을 부르거나, 차라리 같이 나갔어야 했는데.
다음 회차에 곧장 로빈을 찾아가서 다시 한번 듀오를 결성했지만, 우린 예전 같지 않았다.

"넌 대체 왜 내가 가족을 돕는 걸 죄악시하는 거야?"

똑같은 일이 벌어질 걸 염려한 내 강박적인 행동들이 우리의 관계를 어긋나게 만들었다.
어느 순간부터 로빈은 나를 이해하길 포기했다.
우린 친구가 되지 못했고, 비즈니스 파트너가 되었다.
그렇게 발매된 앨범은 플래티넘(100만 장)을 간신히 기록했다.

"이 정도면 훌륭한 성과잖아! 왜 그런 태도를 보이는 건데!"

왜냐하면, 내 기억 속의 로빈은 이것보다 훨씬 빛나고 재능 있는 사람이었으니까.

난 그 다음부터는 로빈을 찾아가지 않았다.

까맣게 잊어버린 시간선의 일이었는데, 지금 그게 다시 깨어났다.

온새미로의 눈빛과 로빈의 눈빛이 겹친다.

쾅쾅!

-문 열어!

그때 패닉에 빠져 있던 온새미로가 저도 모르게 문을 열려는 게 보였다.

"열면 안 돼."

온새미로를 붙잡으며 말을 뱉는 순간, 과거의 상념에 붙잡혀 있던 이성이 현실로 돌아왔다.

정리를 해 보자.

지금은 새벽 4시 반이고, 우리의 숙소 문 앞에는 온새미로의 부모가 있다.

평소 출입을 관리하던 경호원과 매니저는 샵에 가 있다.

오늘은 이른 새벽부터 샵에 들러서 음방 스케줄을 소화해야 하니까.

나와 온새미로가 숙소로 돌아온 건 순전히 우연이었다.

온새미로가 연습 때부터 줄곧 착용했던 초커를 놓고 와서 가지러 온 것이다.

무대 의상의 일부인데, 평생 액세서리를 착용해 본 적이 없는 온새미로는 꽤 큰 불편함을 느꼈었다.

성대가 살짝 눌리는 느낌 때문에 노래가 달라지는 것 같다고.

그래서 익숙해지기 위해 일찍부터 무대 의상을 착용했고, 길을 들여 놨다.

똑같은 제품이 스타일리스트에게 없는 건 아니지만, 늘 차던 것과는 느낌이 좀 다를 수밖에 없다.

한데 그걸 놓고 온 걸 알아서, 운전을 할 수 있는 내가 함께 와 준 것이었다.

그렇게 숙소 안으로 들어왔는데.

쾅쾅!

-문 열어, 이 새끼야!

-온새미로!

난데없이 온새미로의 부모와 조우했다.

'우연인가?'

우연일 확률이 높다.

하지만 누군가의 의도일 수도 있다.

하필 오늘이니까.

"온새미로."

"어…… 응."

"잘 들어. 상황은 짐작했으니, 결론만 물어볼 거야."

대답을 듣지도 않고 말을 이었다.

"부모님을 도와주고 싶어? 금전적으로? 그리고 감정적으로?"

"……잘 모르겠어."

"너한테 돈이 십억이 생겼어. 얼마를 주고 싶어?"

"……일억. 아니, 오천."

"다시, 백억이 생겼어. 얼마를 주고 싶어?"

"……일억 아래."

"일억을 현금으로 준다고 가정해. 그러면 그 돈을 어떻게 전달하고 싶어? 직접 가서 드릴 거야? 아니면 매니저를 통할 거야?"

"매니저."

답이 나왔다.

"거실로 가. 오디오를 최대한 크게 틀고, 액세서리를 착용하고, 음방 무대를 연습해."

"뭐?"

"지금 이 혼란함 속에서도 실수하지 않는다면 넌 무대 위에서 절대 실수하지 않을 거야."

"지금 연습을 하라고……?"

"부모님한테 나눠 주지 마, 베풀지도 마. 적선해."

"……!"

"그 단어가 싫으면 기부라고 생각해. 잘 들어. 세상 그 어떤 복지 단체도 후원자를 협박해서 돈을 받아 내지 않아. 어필하고, 읍소하지."

"……."

"주도권을 쥐고 있어. 너한테 백 원이라도 더 받기 위해서는 잘 보여야 한다는 걸 알려 줘."

"……."

"그러려면 성공해야 해. 실수하지 않아야 하고, 감정적으로 약한 모습을 보여서도 안 돼. 그러니까 가서 연습해."

온새미로를 거실로 보냈다.

한참의 침묵이 흐르다가 음악 소리가 들리기 시작하고, 스텝 소리와 노래 소리가 들린다.

그 소리를 들으며 밖으로 나왔다.

내가 밖으로 나오자 온새미로의 부모가 흠칫 놀라더니 악다구니처럼 달려든다.

돌이켜 보면 난 이상하리만큼 온새미로에게 많은 기회를 줬다.

특히 커밍업 넥스트를 할 때 그랬다.

평소의 나였다면 어떻게든 상대방을 고분고분하게 만들었을 텐데, 안 그랬다.

당시에는 일회성 프로젝트 팀이라서 넘어간다고 생각했다.

하지만 생각해 보니 아니었던 것 같다.

난 아마 무의식적으로 온새미로와 로빈을 겹쳐 보고 있었나 보다.

그렇다고 과거의 실수를 바로잡을 기회라고 생각하진 않는다.

온새미로와 로빈은 다른 사람이니까.

"안녕하세요. 온새미로 부모님."

하지만 보다 현명하게 대처할 수는 있다.

"선택지가 두 개가 있어요. 들어 보실래요?"

어디 한번 떠 볼까?

"첫 번째는 라이언 엔터한테 받은 돈으로 끝나는 거고, 두 번째는 라이언 엔터와 저희한테 양쪽으로 돈을 받는 거예요."

왜 고민해?

쉽잖아.

"고민하실 필요 없어요. 돈은 세상의 전부잖아요. 그렇죠?"

* * *

새벽 6시 반.

세달백일의 역사적인 첫 음방 사녹에 당첨된 팬들은 설렘 반 불안 반이었다.

설렘은 당연히 세달백일의 무대에 관한 것이었다.

커밍업 넥스트를 제외하면 세달백일이 각 잡고 무대를 꾸민 적은 없다.

음원 차트 1위 곡이 몇 개고, 이슈를 만들어 낸 대박곡이 몇 개인데 말이었다.

게다가 엄밀히 따지자면 커밍업 넥스트의 세달백일과 현재의 세달백일은 다른 성격의 그룹이다.

그러니 오늘의 사녹은 세달백일 역사상 최초 of 최초였다.

이 역사적인 순간을 목격하는 티티라면 설레지 않을 수가 없었다.

하지만 이와 별개로 불안은 있었다.

과연 사녹을 이딴 식으로 와도 되는 걸까?

'이딴 식은 너무한 표현인가?'

절대, 아무것도 가져오지 말라고 신신당부를 했다.

보통 사녹에 당첨됐을 때, 기획사에서 하지 말라는 걸 하면 쫓겨난다.

이 꼭두새벽에 방송국까지 와 놓고선 팬 매니저랑 언성만 높이다가 집에 돌아가야 하는 수가 있다는 것이었다.

그러니 시키는 대로 오긴 했는데, 이래선 뭘 할 수 있을지나 모르겠다.

팬들이 그런 생각으로 웅성거리는 순간이었다.

고지된 인원 체크 장소로 꽤 여러 명의 남자들이 거대한 박스에 담긴 뭔가를 들고는 낑낑거리며 등장한 것이었다.

"인원 체크 먼저 하겠습니다."

팬 매니저 치고는 나이가 꽤 되는 남자의 주도하에 순식간에 인원 체크가 진행되었다.

그와 동시에 인원 체크가 끝난 인원에게 스태프들이 물건을 나눠 주기 시작했다.

우선 500ml 생수병.

새벽에도 더운 9월에 맞춰서 나눠 주는 것 같은데, 생수병이 어딘지 익숙하다.

"아, 이거!"

세달백일이 스트리밍에서 기습 광고를 했던 그 생수 브랜드다.

심지어 라벨을 보니 세달백일의 얼굴이 박혀 있다.

이러면 PPL이 아니라, 전면 광고 모델인데······?

하지만 그건 아니었다.

"생수 회사에서 특별히 제공해 준 겁니다."

세달백일의 스트리밍 방송은 1집 앨범 발매 이슈 때문에 꽤 큰 화제가 됐었다.

그리고 덩달아 이슈가 된 게 세달백일의 중간 광고였다.

개그용으로 많이 수출이 되는 분위기였는데, 생수 회사에서 굉장히 기뻐한 것이었다.

그 다음으로 지급된 건 접이식 의자와 건전지, 응원 봉 소켓이었다.

'응원 봉도 없는데……?'

하지만 아니었다.

그 다음 제공된 게 응원 봉이었다.

세달백일 유투브 채널의 심볼처럼 크기가 다른 원 세 개가 얽혀 있었고, 몸통의 색은 딥블루였다.

디자인이 대단히 특별하진 않았다.

하지만 깔끔하고 고급스러운 느낌이라 만족스러웠다.

하지만 여기서 끝이 아니었다.

계절을 고려한 부채와 작은 에코백, 포카를 보관할 수 있는 카드 클립.

그리고…….

좌측 상단에 'Special 2017'이란 글자가 적혀 있는 공방 포카 다섯 장이었다.

현재 발매된 포카가 '2017', '2007', '1997', '???'라는 걸 생각해 보면, 이건 최초 공개다.

사진은 익숙한 의상에 낯선 얼굴이었다.

알고 보니, 2017년의 포카 의상을 서로 바꿔 입은 버전이었다.

'혜, 혜자다.'

'이렇게까지 퍼준다고……?'

팬들이 그런 감상을 공유하는 사이, 인원 체크가 끝이 났다.

"아홉 시까지 다시 이곳으로 모여 주시면 됩니다. 번호 팔찌가 없으면 못 들어가십니다."

그렇게 자유 시간이 찾아왔고, 팬들이 할 일은 뻔했다.

SNS다.

이제 막 오전 7시가 지난 시간이었지만, 세달백일의 사녹이 궁금한 이들이 많이 대기를 타고 있을 테니까.

하지만 그런 생각으로 인터넷에 접속한 이들은 당황했다.

보통은 그냥 스쳐 지나가는 포털 사이트의 뉴스란에 온통 '세달백일'과 '한시온'의 이름이 박혀 있었기 때문이었다.

심지어 연예란이 아니다.

사회, 문화, 실시간 급상승 등등 다양하다.

'무, 무슨 일이지?'

이런 일은 보통 좋은 일이 아니라는 걸 알았기 때문에 팬들은 후다닥 기사를 클릭했다.

그리고는 경악했다.

〈[독점] 세달백일의 한시온, 양친이 식물인간 상태로 밝혀져 충격〉
〈한시온, 작년 12월 관악 IC 교통사고 피해자〉

MBN의 독점 기사에서 시작된 이슈가 퍼져 나가고 있었다.

* * *

최대호는 아침에 눈을 뜨자마자 박 팀장에게 전화를 걸었다.

포털 사이트에 뜬 한시온과 관련된 기사를 목격했기 때문이었다.

"박 팀장. 자네야?"

전화 통화라서 주어를 생략한 최대호의 질문에는 의아함이 담겨 있었다.

그가 의아하게 생각하는 건 두 가지 포인트였다.

첫 번째로는 기사가 너무 이른 시간에 터졌다는 것이었다.

이런 건 오후 7~8시쯤 터트리는 게 좋다.

기자는 특수한 직업이지만, 그래도 직장인이다.

퇴근 시간이 넘어가면 업무 공백이 생길 수밖에 없다.

즉, 세달백일이 이슈와 관련된 액션을 취하려고 해도 다음 날로 넘어갈 수밖에 없다는 것이었다.

사람들이 많이 보지 않는 새벽 기사는 언론사들도 기피하니까.

그러면 무슨 일이 벌어지느냐.

밤새 3류 언론사에서 우라까이(복제 기사)를 쏟아내고, 대중들의 SNS를 통해서 이슈가 확산된다.

이를 통해 다음날 아침 뉴스란을 잠식하면 어떻게 될까?

전날 저녁부터 당일 아침까지 이슈에 노출된 대중들은 이렇게 생각한다.

이제 이번 이슈에 대해서 알 만한 건 다 알았다고.

그럼 끝이다.

대부분은 해명 기사가 나와도 찾아보지 않으며, 설령 보더라도 신뢰를 하지 않는다.

시간이 지나 한시온이 자신의 무고를 증명하더라도 대중들의 반응은 바뀌지 않는다.

'쟤네 무슨 문제 있지 않았나?'

그쯤 되면 콘텐츠 제작자들은 굳이 불편함을 감수하고 세달백일을 선택하지 않게 된다.

대형 기획사의 서포트가 있다면 상황을 반전시킬 수 있겠지만, 세달백일은 인디펜던트니까.

한데, 기사가 너무 일찍 터졌다.

오전 7시면 정말 이른 시간이니까.

이게 첫 번째 의아함이었다면, 두 번째 의아함은 독점 기사를 터트린 채널이 MBN이라는 것이었다.

라이언 엔터는 MBN과 딱히 연결 고리가 없다.

게다가 MBN이 깨끗한 놈들은 아니지만, 공영 방송국이라서 이런 자잘한 일에는 어울려 주지 않는다.

기자 개인에게 청탁하는 거야 어려운 일이 아니지만 굳이 MBN을 써야 할 이유를 모르겠다는 것이었다.

아니나 다를까, 수화기 너머의 박 팀장은 고개를 저었다.

-아닙니다. 저쪽에서 자체적으로 취재를 한 모양입니다.

"소스가 샌 건 아니고?"

-그거까진 모르겠지만, 저희 쪽 라인과는 무관한 일입니다.

마찬가지로 주어를 뺀 박 팀장의 말에 최대호가 생각에

잠겼다.

타임라인이 틀어지긴 했지만, 나쁠 건 없다.

아니, 오히려 좋다.

이러면 첫 기사를 낸 게 MBN이라서 최지운 변호사의 분노를 사지 않을 거다.

게다가 지금은 세달백일이 온새미로 부모 때문에 정신이 없을 때가 아닌가?

'멘탈이 흔들려서 무대를 망칠 수도 있겠군.'

처음엔 좀 당황스러웠는데, 이제 와서 생각해 보니 타이밍이 더 좋아진 것 같다.

한 가지 요소만 충족된다면.

"돌을 던져. 무슨 말인지 알지?"

지금 MBN의 기사에는 한시온이 부모의 돈을 운용하게 됐다는 내용이 없다.

후견인 자격을 대형 로펌을 통해서 얻었다는 내용도 없고.

이걸 먼저 알려야지, 한시온이 부모의 돈을 노리고 교통사고를 의도했을 수 있다는 의혹을 던질 수 있다.

-말씀 이해했습니다.

박 팀장의 대답에 최대호가 고개를 끄덕였다.

박승원은 잘할 거다.

무경력 로드 매니저로 시작해서 7년 만에 팀장을 달만

큼 유능한 직원이니까.

 너무 빠른 승진에 직급은 팀장에 머물러 있지만, 실제 대우는 사업본부의 본부장급인.

 전화를 끊은 최대호는 뉴스에 달린 댓글들을 읽기 시작했다.

 -헐 식물인간...?
 -아니 진짜? 찌라시 아니고??
 -ㅠㅠㅠㅠㅠㅠ불쌍해
 -재능 있는 청년에게 시련이 내려왔군요. 하늘은 원래 감당할 수 있을 만큼의 시련을 준다고 합니다. 똑똑한 청년이 잘 이겨 냈으면 좋겠네요.
 -와 나 지난번에 간호사가 올린 글 봤었는데; 그게 진짜였다고??
 -오늘 세달백일 첫 음방일인데... 멘탈 괜찮을까?

 당연한 일이지만, 대중들의 반응은 놀람과 동정이었다.

 최대호가 알기로, 한시온 부모의 이야기는 종종 인터넷 커뮤니티에서 언급되던 것이었다.

 한시온이 입원했을 당시 함께 입원해 있던 환자들이나, 병원에서 근무하던 의료진들이 있었으니까.

커밍업 넥스트 제작진들도 알고 있었고.

그러나 그런 글들은 모조리 헛소리 취급당했는데, 그건 너무나 믿기 힘든 이야기였기 때문이었다.

MBN이 독점 기사를 낸 시점에 과거의 글들이 재조명되는 건 당연한 일이었다.

-(링크)(링크) 찾아보니까 언급이 생각보다 많았네....
-커밍업 넥스트도 알고 있었나?
-멤버들은 알아...?

하지만 그렇다고 모든 이들이 한시온을 동정하는 것에서 생각을 끝내는 건 아니었다.

무지성으로 달리는 악플들은 제외하더라도 합리적인 의문을 제기하는 이들은 있었다.

-아니 그럼 한시온은 사고 2달 만에 커밍업 넥스트 출연한 거임? 나만 좀 그래?
ㄴ뭐라는 거야. 그럼 계속 집에서 슬퍼하고만 있어야 하냐?
ㄴ원래 PTSD 환자들은 억지라도 사람을 만나야 하는 거임. 미친 새끼야.
ㄴ혼자 있으면 생각이 계속 파고들어 가서 안 좋음. 오

히려 서바이벌 프로그램을 나가서 극복한 거임.

-한시온 커밍업 넥스트에선 멀쩡해 보이던데. 사고 피해자 맞음?
ㄴㅅㅂ 악플러들 다 고소해야 하는데
ㄴ오히려 난 한시온이 우울한 분위기가 있다고 생각했는데?
ㄴ걍 나가 뒤져라. 싸이코패스 새끼야.

물론 지금은 호응받기 힘든 이야기다.
대중들이 한시온을 불쌍히 여기고 있는 시점이니까.
시계를 쳐다보니, 오전 8시를 가리키고 있다.
하루를 시작하는 시간인 만큼, 수많은 사람들이 출근과 통학을 하며 한시온을 동정하는 메시지를 주고받고 있을 거다.
하지만 최대호는 장담할 수 있었다.
그들이 퇴근할 때가 되면 동정이 아닌 비난의 메시지를 보내고 있을 거라고.
동정이 비난으로 바뀌기 시작하면 대중들은 극히 잔인해진다.
배신당했다는 감정 때문에.
"흠."

최대호는 그런 생각을 하며 인터넷 댓글 창을 종료했다.

* * *

[(사진)(사진) 실시간 세달백일 사녹 응원 간 팬들 SNS.]

세달백일 멤버들 의연하게 사녹 끝냈다고 함. 반응 보니까 멤버들은 다 알고 있었던 것 같고.

난 세달백일 노래만 좀 듣는 사람이었는데, 앞으로 진짜 응원한다, 한시온.

잘됐으면 좋겠다ㅠ

[한시온 나락 탐지기 거부권 기억하는 사람?]
Q : 한시온 씨. 가장 바꾸고 싶은 과거는 무엇입니까?
A : 제가 늦잠을 잔 적이 있거든요. 그게 가장 후회되고, 바꾸고 싶은 순간입니다.
Q : 늦잠을 자서 어떤 상황이 벌어졌는데요?
A : 거부권을 쓰겠습니다.

당시에는 거부권을 이상하게 쓴다고만 생각했었는데…….
그럴 만하네ㅠㅠㅠㅠㅠㅠ

자기가 늦잠을 자서 사고가 났다고 생각하는 거 같아서 안쓰럽다ㅠㅠㅠㅠㅠ

[관악 IC 사고 당시 뉴스 자료.]
ㅈㄴ 큰 사고였음…….
한시온은 크게 안 다친 것 같아서 다행임.

한시온과 관련된 온갖 이야기들이 쏟아지기 시작했다.
한시온의 과거 발언들이 재조명되고, 목격담들이 쏟아진다.
특히 입원 당시 목격담이 큰 화제가 되었다.
처음 며칠은 현실을 인지하지 못하는 것처럼 보였는데, 어느 날 탈수를 할 정도로 울었다는 이야기였다.
티티의 반응은 그야말로 극렬했다.
뒤늦게 알게 된 한시온의 아픔에 눈물을 흘리는 이들도 많았고, 언론사에 항의 전화를 하는 이들도 많았다.
왜 개인 사생활을 멋대로 기사화하며, 그것도 하필 첫 음방일에 터트렸냐고 뉴스 게시판을 채우기도 했다.
이때쯤 새로운 내용의 독점 기사들이 쏟아지기 시작했다.

[〈독점〉 가수 한시온, 식물인간이 된 부모님의 후견권

을 획득한 것으로 전해져.]

[한시온이 획득한 후견권이란? 의사무능력자의 법률 행위 대리권과 재산 관리권을 행사할 수 있는 권리.]

이때까지만 해도 사람들은 당연한 이야기라고 생각했다.

상식적으로 부모님이 식물인간이 되면, 자식이 재산 관리를 해야 할 것 같으니까.

물론 이쯤해서 세달백일의 활동 자금에 대해 이야기하는 댓글이 생겨났다.

-혹시 세달백일이 한시온 부모님 돈으로 활동했던 거 아님?
-헐?
-좀 이상하지 않았음? 아무리 빌보드 차트 인을 했다고 해도 그 정도 뮤비 찍으려면 몇억을 태웠을 것 같은데.
-한시온 부모님이 그렇게 부자임?
-기사 보니까 둘 다 의사였다던데?
-헐??

충분히 이슈를 만들어 낼 만한 반응이었지만, 이슈로

퍼지지 못했다.
 더 충격적인 소식이 곧장 이어졌으니까.

 [〈독점〉 가수 한시온, 대형 로펌을 통해 후견권 획득한 것으로 밝혀져.]
 [〈독점〉 양친의 식물인간 판정 당시 한시온의 후견권은 4순위.]

 기사 타이틀을 접한 사람들의 머릿속에 물음표가 떠올랐다.
 타이틀을 보면 꼭 한시온이 '원래는 가질 수 없었던 후견권'을 획득한 것처럼 보인다.
 그것도 대형 로펌을 통해서.
 거짓말을 조금 보태서 전 국민이 뉴스를 쳐다보고 있는 상황이다.
 설령 그럴 여건이 안 된다고 하더라도, 수많은 단톡방에서 기사가 공유되고 있었다.

 [퇴원 직후 대형 로펌을 고용한 한시온의 행보에 제기되는 의혹.]
 [사고 -〉 퇴원 -〉 로펌 고용 -〉 예능 프로그램 출연.]
 [서초구 가정 법원은 왜 한시온을 양친의 후견인으로

지정했나?]

 기사가 나오고.

 [한시온, 양친의 재산으로 가수 활동을 영위했나?]

 또 나오고.

 [한시온의 후견인 지정에 제기되는 의혹들, 일각에서는 재산권을 노리고 사고를 의도한 게 아니냐는 추측까지.]

 또 나온다.

 [모 시민 단체, 한시온 양친의 재산 운용 내역 공개를 촉구하는 성명 발표.]

 기사가 쏟아지는 속도가 비정상적으로 빨랐다.
 물론 대중들은 이런 현상에 의아해하지 않았다.
 충격적인 이슈인 만큼 정보가 입수되는 대로 곧장 기사화된다고 생각한 것이었다.
 이슈가 전개되는 속도가 너무 빠르다 보니 대중들의 사

고방식이 기사의 타이틀을 그대로 따라가기 시작했다.

처음엔 사고를 당한 한시온을 안쓰러워했고, 다음엔 후견권에 대해서 인지하게 됐으며, 다음으로는 후견권 획득에 의혹을 품었다.

이어서 한시온의 가수 활동 자금을 의심하게 됐고, 마침내 사고의 진위 여부에 닿았다.

이다음에 어떤 기사가 나와도 대중들은 믿을 것이었다.

설령 아무 근거도 없는 '한시온이 부모님의 재산을 노리고 교통사고를 의도했다.'라는 식의 기사일지라도.

하지만 이다음 기사는……

[〈독점〉 한시온 자필 성명서 공개]

한시온의 성명이었다.

안녕하세요. 세달백일의 한시온입니다.

현재 논란이 되고 있는 부분의 정확한 사실 관계를 밝히기 위해서 이렇게 글을 쓰게 되었습니다.

제가 기억하는 상황의 시간 순서대로…….

(중략)

……부모님이 의식을 잃고 입원해 계신데도, 병실에 단 한 번도 찾아오지 않았던 이들도 있었기 때문입니다.

해서, 전 부모님의 후견권을 절대 친척들에게 내어 줄 수 없다고 생각했습니다.

아무 것도 모른 채로 대한민국에서 가장 크다는 로펌에 찾아갔습니다.

문전박대를 당할 수도 있었지만, 다행히 제 이야기를 들어 주시고, 공감해 주신 분이 있었습니다.

최지운 변호사님이었습니다.

(중략)

……성명서와 함께 부모님의 재산 내역을 공개하겠습니다.

최지운 변호사님에게 드렸던 의뢰비를 제외하면, 원금에서 단 1원도 손대지 않았습니다.

또한, 앞으로도 이 돈은 부모님이 깨어나시기 전까지는 절대 쓰지 않을 겁니다.

혹시나 돈이 필요해져서 쓰게 된다면, 어떻게든 반드시 메꿔 놓을 것이며…….

(후략)

동시에 새로운 독점 기사들이 나왔다.

[〈독점〉 서초구 가정 법원, 후견인 지정은 합당했다며 판결 공개.]
[가정 법원이 판단한 후견인들의 흠결 사항은?]
[억측으로 비난받은 한시온, 양친의 재산을 운용한 사실 없음을 증명했다.]

언론은 곧장 태세를 바꿨다.
심지어 의혹을 제기했던 기사들을 슬그머니 수정하기도 했다.
대중들이 당황할 정도로 빠른 태세 전환.
하지만 지금 이 순간 가장 당황스러운 사람은.
"이, 이게 무슨……."
최대호였다.
어이없게도 최대호는 이 모든 이슈 전개를 넋 놓고 구경할 수밖에 없었다.
독점 기사로 한시온에게 의혹을 제기했던 것도 MBN 계열사고, 한시온의 성명서로 이슈를 수습한 것도 MBN

이었으니까.
 그랬다.
 이 모든 것은.

"이 정도 돈을 받았는데 부장급이면 사기죠. 보도국장 정도면 어때요?"

이미 한시온이 깔아 놓은 판이었다.

* * *

[뉴스 랭킹]

 1. 세달백일 한시온, 자필 성명서 공개
 2. 서초구 가정법원, 후견인 지정은 합당했다며 판결문 공개
 3. 세달백일 법적 대리인, "빠른 시일 내에 악플러들 고소 예정"

 …….
 포털사이트 뉴스 랭킹을 보며 고개를 끄덕였다.
 끝났다.

이제 더는 부모님과 관련된 이슈가 위험 요소로 작용하는 일은 없을 것이다.

인터넷 댓글의 여론만 봐도 알 수 있었다.

―와, 한시온 친척들이 ㄱㅅㄲ들이네. 나 같아도 저런 사람들한테 유산을 맡기고 싶지 않을 듯.
―ㅇㅇ로펌에 맡기길 잘한 듯.
―최지운? 저 사람도 낭만 쩐다. 스무 살짜리 어린애 말을 들어준 거잖아.
―연예인이라서 그런 거 아님?
―뭔 소리야; 퇴원하고 바로 갔다잖아. 그럼 커밍업 넥스트 촬영도 전임. 찐 일반인 상태.
―와 그러네. 생각 못했다.
―의뢰비도 성공 보수로만 책정했다는데. 쩌는 듯.
―그건 어디서 봄?
―최지운 변호사 전화 인터뷰한 거 올라옴.
―낭만 100%라기에는 보수가 좀 많다...?
―ㅋㅋㅋㅋ글킨 한데ㅋㅋ 대한민국 원투 하는 로펌이잖슴.
―낭만 70% 수익 30%로 가자!
―어휴 어떻게 이런 일이ㅠㅠㅠㅠㅠ 세달백일 앨범 나오기 전에 액땜했다고 생각하자ㅠㅠㅠㅠ

-오늘 세달백일 음방 나온다던데 몇 시인가요?
-5시 45분에 시작하는데 세달백일이 몇 번째 나오는지는 몰라요! 그래도 꽤 후순위일 것 같아요!
-ㅇㅋ 대기 타 봐야겠다.

이슈라는 게 그렇다.
팩트보다 무서운 게 사람들의 판단이다.
이슈가 대중들의 입과 입을 통해서 전해지기 시작하면, 그 끝에는 판단이 존재다.

저놈은 나쁜 놈이야.
억울할 게 뭐가 있어? 처음부터 잘하면 됐지.

이렇게 내려진 결론들은 정말 어지간해서는 바뀌는 일이 없다.
설령 정당한 해명을 해도 그렇다.
인간이 원래 '내가 틀렸다'라는 걸 인정하는 걸 싫어하는 동물이기 때문이다.
그래서 나는 대중들이 판단을 내릴 시간을 주지 않았다.
새로운 이슈를 짧으면 10분에서 길면 20분 간격으로 계속해서 던졌다.

정보들이 계속 추가되니 사람들은 판단을 유예한다.

동시에 기사의 타이틀과 똑같은 사고의 흐름으로 이슈를 추적한다.

난 그 끝에 나의 무고함과 정당함을 배치했고, 언론사가 뉴스를 수정하는 걸 통해 근거를 깔아 주었다.

이렇게 되면 사람들의 자신들이 자의적으로 판단을 내렸다고 생각한다.

사고 피해자 한시온이 억측으로 비난받았다고.

하지만 솔직히 말해 볼까?

재산 내역은 조작이다.

가정 법원에서 행정 명령이 떨어진 시점의 잔액과 현재의 잔액을 맞춰 놓았을 뿐이다.

그사이에 무수한 금융 거래가 있었지만, 깔끔하게 지워 놨다.

최지운 변호사의 성공 수당도 마찬가지다.

내 시나리오상, 최지운 변호사는 불쌍한 어린애를 도와준 의인이다.

한데 그런 의인이 재산의 50%나 받아 갈 순 없지.

그래서 적당한 금액을 성공 보수로 책정했고, 받았다고 거짓말을 한 거다.

어차피 이건 나랑 최지운 변호사만 아는 이야기라서 상관없다.

국세청에 줄 적절한 자료를 만들어야 하니, 로펌 직원들 중 몇몇이 알게 될 수도 있지만…….

전관예우와 비리의 온상인 대형 로펌이잖아.

절대 안 새어 나간다.

장담할 수 있다.

하지만 대중들은 이런 사실을 끝까지 모를 거고, 그들의 판단은 바뀌지 않을 거다.

"고생했어. 시온아."

그런 생각을 하고 있는데 이이온이 내 등을 툭툭 두드린다.

"고생은요, 뭘. 이제 인터넷 보셔도 돼요."

"아냐. 음방에 집중해야지."

멤버들에게는 며칠 전에 미리 말을 해 놓았었다.

음방날 이런 일이 시작될 거고, 이런 식으로 진행될 거니, 멘탈 흔들리지 말라고.

그러니 어지간하면 당일에 인터넷은 보지 말라고 했다.

멤버들은 왜 하필 음방날인지를 궁금해하는 것 같았지만, 그건 말해 주지 않았다.

오늘이 원래 최대호의 계획 결행일이었다는 건 알아서 좋을 게 없다.

솔직히 난 최대호가 우습다.

내가 이런 일을 얼마나 많이 겪었고, 얼마나 많이 해결해 왔는데…….

뻔한 수작에 당해 주겠는가?

날 곤란에 빠트리려면 좀 더 기발해야 할 거다.

길고 긴 생에서 한 번도 겪어 보지 못한 방식으로.

하지만 이건 나만의 생각일 거고, 멤버들은 압박감을 느낄 수도 있다.

그래서 말을 안 한 것이었다.

"팬들이 걱정을 많이 하던데, 저희도 다른 팀처럼 대기실 사진이라도 찍어서 올려야 하지 않을까요?"

최재성의 말에 구태환이 고개를 젓는다.

"다들 몇 시간 동안 걱정을 많이 하셨을 텐데, 너무 아무 것도 아닌 것처럼 대하면 안 좋지 않을까?"

개인적으로는 두 사람의 말이 다 맞다고 생각한다.

우리 팬덤을 생각하면 최재성의 말이 좀 더 맞고, 일반 여론을 생각하면 구태환의 말이 좀 더 맞다.

하지만 지금은 우리를 쳐다보고 있는 눈이 너무 많다.

내 정당함을 증명한 것과 무관하게, 우리 부모님이 식물인간 상태라는 이슈는 오늘 막 퍼진 거다.

여기서 웃고 있는 사진을 올려 봤자 긍정적일 리가 없다.

내 입장에서는 몇 달 전의 사고지만, 대중들은 본인의

기준으로 날 판단할 거다.

하지만 마음 졸였을 팬들이 많을 텐데, 이대로 넘어가는 건 좀 그렇지.

거창한 팬 서비스를 준비 중이긴 하다.

계획대로 될지는 모르겠지만.

"저 잠깐 음방 CP 좀 만나고 올게요."

"시온아."

"네?"

"CP님이라고 해야지."

이이온도 참 한결같다.

"근데 CP님은 왜?"

"방송 전에 시끌시끌한 일이 있었던 거잖아요. 사회부 기자들도 많이 방문한 것 같던데, 양해를 구해야죠."

"아, 그치. 같이 갈까?"

"아뇨. 저 혼자 다녀올게요."

그렇게 말하곤 자리에서 일어났다.

* * *

SBN 〈가요 테이스트〉의 CP는 아침부터 정신이 없었다.

새벽부터 진행되는 사전 녹화야 현장 PD들이 진행할

테니 상관없다.

그의 혼을 빼놓은 것은 세달백일, 아니 한시온과 관련된 이슈였다.

처음엔 좋은 일인 줄 알았다.

한시온의 부모님이 식물인간 판정을 받았다는 충격적인 소식이 쏟아졌고, 동정 여론이 번졌으니까.

이러면 굳이 세달백일을 첫 타자로 섭외해서 최대호랑이 싸움할 필요 있냐는 후배 피디들의 볼멘소리를 무시할 수 있다.

그 다음에는 망한 줄 알았다.

동정 여론이 의심으로 번지기 시작하는데, 의심의 방향성이 심상치 않다.

대한민국 사회에서 패륜은 용서받을 수 없는 종류의 범죄이다.

한데 한시온이 사고를 의도해서 부모님의 재산을 노렸다는 이야기까지 나오고 있었다.

'아, 씨. 하필 당일에……'

음방 며칠 뒤에 기사가 나왔다면 우린 아무것도 몰랐다로 넘어갈 수 있는 건데, 하필 당일이다.

오죽 상황이 심각했으면 사장님한테 전화가 왔겠는가.

하지만 정말 드라마틱하게 상황은 바뀌었다.

모든 대중들이 한시온의 편으로 돌아선 것이었다.

이쯤해서 언론사 구조를 아는 고위층들은 상황을 대충 눈치 챘다.

'이거, 각본인데?'

어디서 어디까지가 각본인지는 모르겠는데, 어느 순간부터는 합을 맞춘 뉴스가 나온 게 틀림없다.

이슈의 전개가 자연스럽지 않다.

아마 최지운이라는 변호사가 힘을 쓴 게 아닐까?

하지만 그게 잘못됐다고 생각하는 사람은 없었다.

어차피 여긴 쇼 비즈니스다.

한시온 쪽이 좋은 쇼를 벌여서 좋은 비즈니스를 한 거다.

박수를 치면 쳤지, 비난할 게 아니다.

'어쨌든 우리도 무사하고.'

그렇게 안도의 한숨을 내쉰 CP는 피디에게서 한시온이 인사를 올리고 싶어 한다는 이야기를 들었다.

기꺼운 마음이 든다.

그래, 이게 맞다.

뭐가 됐든 프로그램을 시끌벅적하게 만들었으면 양해를 구해야 하는 거다.

그렇게 만난 한시온은…….

아주 묘했다.

대화의 시작은 평이했다.

개인적인 이슈로 시끄러워져서 죄송하고, 방송에 피해를 준 게 있다면 사과드리겠다.

밖에 기자들이 잔뜩 와 있는데, 혹시 취재에 응해도 괜찮겠냐 등등.

침착한 어투로 당연한 이야기들을 꺼냈다.

그렇게 대화가 끝났다면 가요 테이스트의 CP는 한시온이 침착하고 현명한 청년이라는 인상만 받았을 것이었다.

한데 대화를 하다 보니 어느새 주제가 바뀌어 있다.

"죄송합니다. 저희 때문에 이런 기사까지 나와 버려서."

[압도적인 차트 1위를 달리고 있는 세달백일의 State Of Mind. 음악 방송 1위 가능성은?]

[세달백일이 출연하는 SBN 〈가요 테이스트〉, 최고 시청률을 갱신할까?]

["세달백일은 몇 시에 출연하나요?" 가요 테이스트에 쏟아지는 대중들의 관심도는?]

[첫 음악 방송 출연 세달백일, 어떤 무대를 꾸밀까?]

동정 여론, 비난 여론, 응원 여론.

한시온을 둘러싼 여론의 전개 끝에 사람들의 관심이 〈

가요 테이스트〉에 쏟아지고 있었다.

당연히 제작진도 이런 사실을 알고 있었다.

그러니 전반적으로 실수 없는 무대를 꾸며야 한다는 생각을 하고 있었다.

하지만 뭔가 묘하다.

마치 한시온은…….

'방송의 틀'을 바꿔야 하는 게 당연하다고 생각하는 것 같다.

너무 자연스러워서 눈치 채지 못할 뻔했는데, 논리가 그렇다.

"잠깐만요. 한시온 씨."

"네, 말씀하시죠."

"혹시 1위 후보에 올려 달라는 거예요?"

말도 안 되는 거다.

세달백일의 State Of Mind가 잘나가는 건 안다.

하지만 방송 출연 점수가 전혀 없으며, 음반 판매 점수도 아직 집계가 안 된 걸로 안다.

CP는 자신의 질문에 한시온이 손사래를 칠 줄 알았다.

그런 생각은 추호도 안 해 봤다고.

하지만 아니었다.

쑥스럽게 웃은 한시온이 머리를 긁적였다.

"방송국에서는 유입 시청자를 끝까지 끌고 가려고 하

실 테니까……."

너무 당당해서 당황스러울 지경이다.

하지만, 틀린 말은 아니다.

음방 시청률이 1% 미만으로 떨어진 건 오래된 일이다.

오늘 이슈로 음방을 보는 이들이 얼마나 될지는 모르겠지만, 최소한 시청률 3%는 나오지 않을까?

한데 세달백일이 1위 후보로 마지막에 나온다면?

그 시청자를 전부 붙잡고 가는 거긴 하다.

"그리고 시청자 문자 투표도 있으니까……."

하지만 한시온이 모르는 게 있다면, 세달백일이 1위 후보에 올라가면 무조건 1등을 해야 한다는 거다.

세달백일이 음방 1위 후보에 올라가면, 그게 오늘 서사의 마침표다.

불운한 사고를 당한 이가, 억울한 비난을 당했지만, 극복하고 성공한다.

이 서사 구조라는 것이다.

그럼 극복은 뭐겠는가?

당연히 1등이다.

여기서 후보에만 올리고 1등을 못한다면 오히려 허망해질 수가 있다.

'아니, 잠깐만. 그럼 우리가 서사를 완성시키면 되는 건가?'

CP의 머릿속이 혼란해질 때였다.

"아마 다른 그룹들도 사정을 아실 테니까……."

한시온의 말에 머릿속에서 번개가 번쩍 쳤다.

그래, 이 말이 맞다.

세달백일이 1위 후보로 올라간다면 소속사에서 연락이 올 거다.

아이돌 기획사가 가장 두려워하는 건 쓸데없는 논란과 비난이다.

이런 상황이면 스스로 1위를 양보할 확률이 높다.

게다가 오늘 1위가 예정된 그룹은 이미 앞선 2주 동안 1위를 했었던 텐션의 유닛 오션이다.

자연스럽게 힘이 빠질 때도 됐다.

"그럴 가능성이 0은 아니지 않을까……. 라고 망상 중이었습니다. 죄송합니다. 제가 너무 말도 안 되는 소리를 했죠?"

가요 테이스트의 CP는 혼란스러워졌다.

한시온의 얼굴을 보면 전혀 연기라고 생각되진 않는데…….

'그냥 순진한 건가?'

하지만 그렇다기에는 뭔가 묘하다.

결국 CP는 결론을 내리지 못했다.

이런 건 본인 혼자서 내릴 결론도 아니고, PD들이랑

내릴 결론도 아니다.

더 윗선이랑 이야기를 해 봐야 한다.

그전에 확인할 건 있었다.

"그, 한시온 씨."

"네?"

"이번에 앨범 예약 판매 시작했죠?"

"네. 맞습니다. 저희가 아직 피지컬을 못 받아서 나오면 바로……."

"그게 아니라, 얼마나 팔렸어요?"

"아직 이틀밖에 안 돼서 얼마 안 됩니다."

"얼만데요?"

이어진 대답은 간단했다.

"13만 장 정도 될 겁니다."

미친.

회사도 없고, 팬싸 컷도 없고, 굿즈 마케팅도 없는데?

단 이틀 만에?

"이, 일단 알겠어요. 대기실로 돌아가 있어요."

"감사합니다."

잠깐 고민하던 CP가 스마트폰을 들었다.

그리고 3시간 뒤.

〈가요 테이스트〉 방송이 시작되었다.

* * *

방송국은 시청률에 목숨을 건다.

그 때문에 무리수를 던지는 경우가 한두 번이 아니다.

'하지만 이 경우에는 지나치게 무리수가 아닌가?'

가요 테이스트 CP의 고뇌는 합당했다.

세달백일의 음반이 생각보다 많이 팔리긴 했지만, 어차피 음방 기준 집계는 다음 주다.

그러니 세달백일을 1위 후보에 올리기 위해서는 State Of Mind가 디지털 싱글로 후보에 오른다는 건데…….

방송 점수가 전무해서 불가능하다.

뮤비 조회 수가 높긴 하지만, 해외 팬이 붙기 전이라서 그 정도도 아니고…….

음원 점수가 높긴 하지만 그것만 가지고 1위가 되는 것도 아니다.

한데, 윗선에서는 오히려 세달백일을 1위로 올릴 수 있으면 올려 보라는 오더가 내려왔다.

어차피 음악 방송이 민심(이라고 쓰고 돈이 흐르는 쪽이라고 읽는다) 반영한 지 오래되지 않았냐고.

하지만 CP는 오히려 그 말에 벌벌 떨었다.

윗선이 저런 소리를 했을 때 결과가 좋았던 적이 없는 것 같다.

결국 그는 이번 주에 세달백일이 1위를 하는 건 무리수라고 판단했다.

그 대신 한시온에게 말했다.

"솔직히 혹했는데……. 안 돼요. 우리 다음 주에 1위 합시다."

"다음 주에요? 저희 방송 점수가 없어서 안 되지 않나요?"

"나와요. 활동하면 되지. 내가 라디오랑 예능에 좀 꽂아 줄게. 그리고 어떻게든 되게 해 볼게요."

CP의 말에 한시온은 고개를 끄덕였다.

솔직히 한시온은 오히려 예상 밖이라고 생각하고 있었다.

CP가 1위 후보에 올려 달라는 자신의 뉘앙스를 이렇게까지 진지하게 받아들일 줄 몰랐으니까.

심지어 다음 주 1위를 약속받을 생각도 없었다.

그냥 한시온은 거절을 당하고 싶었다.

'아무리 그래도 그건 안 돼요.'라는 답변 이후에 하고 싶은 말이 있었던 것이었다.

마음을 졸였던 팬들을 위한 거창한 팬 서비스.

"아닙니다. CP님. 시스템은 유지되어야죠. 무리하실 것 없습니다. 물론 섭외를 도와주신다면 감사히 받겠습니다만……."

"그래요?"
"네. 대신 사소하게 부탁드릴 게 하나 있는데······."
"뭔가요?"
"미담 하나만 만들어 보시는 건 어떻습니까?"
"미담?"

* * *

 흔히 공방이라고 하면 사녹+본방을 의미하지만, 팬들의 동행은 보통 사녹에서 끝이 난다.
 왜냐하면 사녹 인원은 소속사에서 뽑지만, 본방 인원은 방송국에서 뽑기 때문이었다.
 그러니 보통은 사녹이 끝나면 방송국에 모였던 팬덤은 해산하고, 본방을 볼 수 있는 성덕들만 남는다.
 하지만 오늘 티티의 경우는 좀 달랐다.
 사녹이 시작하기도 전에 한시온의 부모님 관련 이슈가 터졌으며, 사녹이 끝나는 시점에서 불쾌한 이슈가 온 세상을 뒤덮었다.
 한시온을 싫어하는 수준의 특정 멤버 개인 팬이 아니라면, 걱정이 이만저만이 아니었다.
"어떡해······."
 그래서 사녹이 끝났음에도 방송국 근처를 서성이는 이

들이 굉장히 많았다.

 혹은 오늘 사녹 일정을 함께 소화한 이들과 방송국 근처의 어딘가에서 걱정을 하는 이들도 많았다.

 그들이 방송국 근처에 있다고 해서 뭘 할 수 있는 건 아니지만, 마음이란 게 그랬다.

 다행히 이슈는 잘 종료되었고, 팬들은 한시름 놓았다.

 물론 마냥 개운한 건 아니었다.

 '동정 여론이 너무 큰데……'

 '이러면 무작정 불쌍하게만 여길 수 있는데…….'

 팬들이 그런 걱정을 하고 있을 때였다.

 세달백일의 공홈에 공지가 올라왔다.

 사녹에 참가한 인원들 중 가능한 이들은 번호 팔찌, 멤버십 카드, 신분증을 가지고 재집결을 해 달라는 것이었다.

 강요 사항은 아니고, 방송국 근처에 계신 분들이 많은 걸로 아니까, 가능한 선에서.

 이쯤 해서 팬들은 세달백일이 추가적인 팬 서비스를 하려는 거라고 생각했다.

 워낙 큰 이슈가 생겼었고, 마무리됐으니까.

 가장 쉬운 건 굿즈를 더 제공하는 것이고…….

 '어쩌면 직접 나올 수도……?'

 가능성은 현저히 낮지만 상상만으로도 짜릿하다.

 팬들은 그런 생각을 하며 후다닥 공지에 올라온 장소로

향했다.

거의 대부분이 재집결했다.

설령 사녹에 당첨돼서 상경한 지방 팬이라고 하더라도, 서울에 온 김에 약속을 잡아 둔 이들이 많았으니까.

그리고 그들은 자신의 상상이 틀렸음을 깨달았다.

굿즈를 더 주는 것도 아니고, 직접 만날 수 있는 것도 아니다.

하지만 그 상상의 방향은 좋은 쪽으로 틀렸다.

"가요 테이스트의 조영동 CP님이 특별히 입장을 허가해 줘서요. 조영동."

본방을 본다.

게다가.

"방송이 끝나고 멤버들과 잠깐 만날 수 있도록 해 볼 거니까, 지시 사항을 잘 따라 주시길 부탁드립니다. 저희 방청석으로 들어가는 거 아니에요."

끝나고 세달백일과 만난다.

"공방 포카는 지시에 잘 따라 주신 분들에게만 추가 지급해 드리겠습니다."

심지어 굿즈도 준다!

오늘부터 그들 사전에 덕계못은 지워졌다.

성덕이었다.

* * *

-와, 전역하고 음방 처음 보는 듯ㅋㅋ 이게 몇 년 만이야ㅋㅋㅋ

-나 군인 때는 드롭아웃, 헤이즐, 프롬어스걸스가 신인 3대장이었다. 요즘은 누구냐?

-걔들이 신인일 때? 그럼 한 7~8년 전인데?

-아재요....

-아 난 그런 거 모르겠고. 세달백일 언제 나옴?

-문자 투표 언제 하냐. 세달백일한테 한 표 줘야지.

-ㅋㅋㅋㅋㅋㅋ세달백일이 1위 후보도 아닐 텐데 무슨 문자 투표요.

-엥? 왜 1위가 아님? 음원 차트 개박살 내는 중인데.

-방송 점수, 음반 점수가 0이니까요... 솔직히 왜 이번 주에 활동 시작했는지 의아함. 앨범 나오는 다음 주에 해야지 1위 노려 볼 수 있지 않나?

-세달백일이 음방 뚫는 데 얼마나 힘들었는지 알면 그런 소리 못해요; 스케줄까지 맞출 여력이 어딨어요?

-음방을 왜 뚫어? 걍 나오는 거 아님?

-ㅊㄷㅎ ㄱㅅㄲ 때문이죠 뭐

-근데 예판 얼마나 찍혔는지 아직 안 나옴.

-송장 번호 없어요 아직ㅠㅠ

―대체 이게 뭔 소리냐. 예판은 뭐고 송장은 뭐야. 음방은 왜 뚫어.

음악 방송이 인기가 없어진 지는 꽤 됐지만, 그럼에도 불구하고 음악 방송을 모르는 사람은 없다.
보지는 않더라도 존재를 알고 있다는 건, 방송국 입장에서는 항상 기대를 품게 만드는 요소였다.
물론…….

〈8월 시청률 집계〉
SBN 가요 테이스트
1주차 - 0.8%
2주차 - 0.9%
3주차 - 0.8%

그 기대는 몇 년째 방송국을 배신했고, 이제 음악 방송은 채널이 엔터테인먼트에 영향력을 끼치는 용도로만 쓰이고 있었다.
하지만 지금.
아주 오랜만에 기대감이 기지개를 켰다.
"지, 직전 시청률이 2%가 넘었, 아니 3% 가까이인데요?"

"뭐?"

SBN 주조정실 직원들이 눈을 비비고 다시 볼 정도였으니까.

그렇게 방송이 시작되었고, 실시간 게시판과 SNS에 온갖 이야기가 쏟아졌다.

이런 관심은 누군가에게는 기회였다.

-오, 방금 신인 그룹 이름 뭐야?
-잘한다. 끼 넘치는데?

평소보다 몇 배는 많은 시청자들이 음악 방송을 보고 있었으니까.

물론 그 대부분은 세달백일을 기다리고 있었지만.

-아 왜케 안 나와.
-방송 순서 변경했겠지ㅋㅋ 꿀 빨아야 하니까.
-아 아재들 극혐이네; 이슈 하나 생겼다고 우르르 몰려와서. 냄비 근성 쩌네;
-ㅋㅋㅋㅋ한시온이 기사 터트린 거 아님? 불쌍해 보이려고.
-니네 정신병자들 아니냐? 그게 사람이 할 말이야?
-요즘 젊은 친구들이 인터넷에서 험한 말을 쏟아 낸다

더니 정말이었군요. 말세입니다.

-말세ㅋㅋㅋㅋㅋ

응원과 어그로와 악플을 비롯한 온갖 댓글들이 잡탕처럼 섞여 나왔다.

본래라면 자신들의 비공계정으로 떠들었을 이들도 대부분 실시간 게시판으로 몰려든 상태였다.

그때쯤 세달백일이 등장했다.

무대는 아니었고, 인터뷰였다.

[오늘 데뷔 무대를 맞이하지만, 이미 화려하게 빛나는 신인을 모셔 보겠습니다!]

[안녕하세요. 세달백일입니다.]

-뭐야 세달백일 데뷔였어??? 음원 차트 1위가 몇 개인데?

-레주메, 컬러풀 스트러글, 스테이트 오브 마인드, 케이팝 스트러글. 총 4개의 1위 곡을 가진 데뷔 그룹입니다!

-날조ㄴㄴ 케이팝 스트러글은 1위 못했음.

-스테이트 오브 마인드에 밀림.

-ㅋㅋㅋ얘네는 왜 팀 구호 없냐. 보통 앞에 막 뭐 넣지

않냐.
 -정보추) 세달백일은 커밍업 넥스트 하면서 대충 지어진 이름이라서 그딴 게 없다.
 -억ㅋㅋㅋㅋㅋ
 -한시온 잘생겼네? 뭔가 내 머릿속 이미지는 좀 더 눅눅하고 꾸덕하게 생겼던 것 같은데.
 -눅눅하고 꾸덕하게 생긴 건 뭐냐.

 잠깐의 인터뷰와 무대 예고 뒤에 세달백일이 퇴장했다.
 곧 세달백일이 나온다는 정보가 인터넷을 돌아다니자, 뒤늦게 음악 방송을 시청하는 이들이 많아졌다.
 대부분은 아이돌 그룹에 관심이 있는 게 아니라, 오늘 이슈에 관심이 있었으니까.
 물론 긍정적인 이들도 있었다.

 -와 취업하고 덕질 완전 끊었었는데 진짜 오랜만이다.
 -이제 다들 나보다 한참 어려ㅠㅠㅠㅠ 뭐라고 불러야 하지.
 -고럴 때 쓰는 용어가 동생 오빠임.
 -ㅋㅋㅋㅋㅋㅋㅋㅋㅁㅊ
 -우리 세달백일 동생 오빠들은 언제 나오려나?

가요계를 꽤 오래 떠나 있었던 이들이었다.

그렇게 시간이 흐르고, 음악 방송이 80% 정도 진행되었을 때.

세달백일의 무대가 다가왔다.

시작은 사전 녹화 곡인 Colorful Struggle(Kpop Remix)였다.

-뭐야 컬러풀 스트러글 이거 아니지 않아?
-리믹스 버전이에요!
-에이, 원곡 듣고 싶었는데.
-이것도 좋아요ㅎㅎ

컬러 쇼와 빌보드 진입을 통해 대중들에게 퍼져나간 컬러풀 스트러글은 굉장히 유명한 곡이었다.

오죽하면 영어 가사로만 이루어진 곡이 한국 음원 차트 1위를 차지했으니까.

하지만 케이팝 스트러글은 좀 다르다.

이 곡도 제법 유명하긴 했다.

의도된 유출을 통해서 대중들에게 먼저 공개되었으며, S.O.M의 뮤직비디오의 인트로에 삽입되기도 했다.

하지만 일반 대중들에게 퍼져나갔냐고 하면 좀 애매했다.

스테이트 오브 마인드의 독주 때문에 음원 차트 1위도 차지하지 못하기도 했다.

하지만…….

좋은 노래에는 힘이 있었다.

-와 존나 세련됐다.
-뭐야 이거. 힙합인가?
-로파이 소울 같은데ㅋㅋㅋ 칩멍크 기법도 좀 넣은 거 같고.
-칩멍크는 음정 높여야 하는 거 아님?
-ㄴㄴ 대표 뮤지션인 칸예 때문에 생긴 고정 관념임. 사전적 의미는 음정을 조절하는 거니까, 낮출 수도 있지.

채도가 낮은 빛들이 쏟아지며 무대를 수놓는다.

세달백일은 빛이 쏘아지는 타이밍과 안무의 타이밍을 맞추기 위해서 수많은 연습을 진행했었다.

단 1초만 틀려도 엉성해 보일 수 있으니까.

사실 사전 녹화 무대라서 가능한 거긴 하지만…….

-와 요즘 아이돌들은 이런 거 해?
-아니 좀 당황스럽네. 내가 알고 있는 세달백일 이미지랑 너무 다른데…. 오래된 덕후의 심장이 깨어난달까?

-군무 칼각 뭔데;
-한시온 군이 무대에서 활약하는 걸 보니 기분이 좋네요. 어려운 난관을 극복하고 나아갔으면 좋겠습니다.

사람들은 감탄하고 있었다.

[...Did you rock it?]

-야 저 백금발 누구냐 존나 잘생겼네.
-이이온입니다. 선생님ㅠㅠㅠㅠ
-와 뭐 사람이 저렇게 생겼지.
-저희도 처음 봤어요ㅠㅠㅠㅠㅠ 백금발이라고요?
-아 최초 공개임?
-네TTTT
-한시온 머리만 검은색이네ㅋㅋ
-은근히 유교보이임.
-ㄴㄴㄴ 세달백일을 데뷔 때부터 지켜본 찐팬 입장으로서 유교보이보다는 아메리칸 마초 스타일이 맞다.
-데뷔한지 일 년도 안 됐잖아? 뭘 쭉 지켜봐.
-그런 비난, 사소해.

그렇게 사람들이 케이팝 스트러글에 대해 떠들고 있을

때, 화면 속 무대가 바뀌었다.

뮤직 비디오 말고는 최초로 공개되는 State Of Mind 였다.

* * *

난 이 빌어먹을 쇼 비즈니스가 싫다.

보여 주고 돈을 받는 산업은 구성원들의 영혼을 좀먹고, 인격을 말소시킨다.

영혼이 좀먹힌 자리에 피어나는 것은 상업성이고, 인격 대신 필요한 것은 상품성이다.

처음엔 아티스트의 정신이 비즈니스에 쏠려 있다.

내가 돈을 얼마나 벌었는지, 얼마나 벌 것인지, 얼마나 벌 수 있는지.

하지만 성공이 당연해지는 순간이 오면 비즈니스는 중요하지 않고, 쇼에 집중하게 된다.

무엇을 얼마나 보여 줘야지 사람들이 즐거워할지를 고민한다.

나쁜 건 아니다.

대중들이 즐거워하는 걸 만들어 낼 수 있다는 건 큰 재능이니까.

문제는 이때부터 아티스트의 기준이 본인이 아니라 당

신들이 된다는 것이다.

  내가 진심으로 웃고 있는 건지.

  아니면 당신들이 좋아하니까 웃고 있는 건지.

  그게 헷갈리는 순간부터 자아란 단어는 사라지고, 인간의 정신은 무너진다.

  난 그걸 극복하기 위해서 자기 파괴적인 행동을 하는 수많은 가수들을 봐 왔다.

  그들은 대중들이 보기엔 '돈을 저렇게 많이 벌고서 왜 저딴 짓을 하고 살지'라는 행동을 반복한다.

  하지만 난 그들을 이해할 수 있다.

  자기 파괴적인 행동이야말로 본인이 존재함을 증명할 가장 손쉬운 수단이기 때문이다.

  하지만 그렇다면 나는?

  닫힌 시간선 안을 무한히 떠돌아다니는 나는 대체 어디서 스스로를 증명할 수 있단 말인가.

  내가 아무리 자기 파괴적인 행동을 한다고 해도 나는 나를 느끼지 못한다.

  알콜 중독으로 벌벌 떨던 손이 회귀 한 방이면 원래대로 돌아간다.

  호텔 창문을 열고 수십만 달러를 뿌려도 아무 의미가 없다.

  그래서 한때 나는 조현병에 걸려 회귀를 반복했었다.

아니. 병도 아니지.

실제로도 현실과 상상의 기준이 없으니까.

하지만 어느 날 공연장에서 그런 생각이 들었다.

이 모든 것이 조현병 환자의 망상이고, 날 농락하는 트루먼 쇼라고 해도.

저 환호하는 이들의 기쁨까지 모두 가짜일 수는 없지 않을까.

설령 내가 떠나고 사라진 세계선이라고 하더라도, 내 노래를 듣고 즐거워했던 경험까지 없어지진 않을 테니.

참으로 단순한 생각이었지만, 나는 이걸 수십 회차의 회귀를 한 이후에 비로소 납득했다.

그때부터 나의 기준은 당신들이 되었다.

기준이 사라진 닫힌 시간선 안의 유일한 리얼리즘.

오늘도 난 그걸 갖고 싶다.

여긴 스타디움도 아니고, 콘서트장도 아니지만.

그저 쇼 비즈니스만을 위해 만들어진 음악 방송이지만.

그래도 나는 살아 있음을 느끼고 싶다.

세달백일을 응원하지 않는 이들조차 정신을 놓고 소리를 지르게 만들고 싶다.

"그래, 알겠어."

"해 보자."

갑자기 멤버들이 말을 건다.

내가 뭐라고 했나?

생각에 잠겨 있었던 것 같은데, 나도 모르게 말을 했나 보다.

그때 음악 방송의 스태프들이 사인을 보냈고, 우리는 무대에 올랐다.

잠시 뒤.

〈State Of Mind〉의 전주가 흘러나오기 시작했다.

* * *

불길이 타오르는 소리가 들리고, 그사이로 장음의 휘파람 소리가 흘러나왔다.

대형을 갖추고 있는 세달백일 멤버들은 미동도 없었지만, 왜인지 정적으로 보이진 않았다.

그 순간.

[Focus……]
[State of mind!]

이이온의 목소리로 만들어진 인트로가 시작을 알리는 순간, 선명하지만 지저분한 느낌을 주는 멜로디가 쏟아져 내렸다.

멜로디를 타고 언제나처럼 구태환이 시작을 알렸다.

혼란스러워
내 속에 있는
Dangerous Things

한시온은 커밍업 넥스트에서 구태환에게 투포 리듬에 노래를 부를 걸 제안한 적이 있었다.

이는 구태환이 본인의 독특한 리듬감을 살리지 못하고 있기 때문에 한 충고였다.

하지만 이제 구태환은 투포 리듬이든, 원쓰리 리듬이든 구애받지 않는다.

좋은 음악에 무엇이 필요하냐고 물으면 답은 너무나 많다.

하지만 꽂히는 음악에 무엇이 필요하냐고 물으면 한시온은 이것부터 대답할 것이었다.

듣자마자 확 들어오는 도입부.

길거리에서 우연히 듣더라도, 멈춰서 더 듣고 싶게 만드는 힘.

구태환에게는 그게 있었다.

아니, 세달백일에게는 그게 있었다.

Dangerous Trip
난 여기서
쳐다보는 게-

구태환의 스타트를 이어받는 건 최재성이었다.
분명 앞으로 걸어오는 것처럼 느껴지는 투스텝 안무였다.
하지만 최재성은 박자를 반씩 쪼개며 뒤로 물러났다.
이는 문워크처럼 몸 전체로 착시 효과를 일으키는 것이었는데, 계속해서 물러나진 않았다.
좌우의 이이온과 온새미로가 그런 최재성의 어깨를 딱 붙잡아 놓더니 튀어나온 것이었다.

가끔 넌
날 이해할 수 없다는 듯
쳐다보곤 해
I know, I know

멤버들이 각자의 장점을 가다듬으며 나아갔다면, 이이온은 단점을 완벽히 없애는 데 집중하고 있었다.
까끌한 음색 자체를 없앨 수는 없다.
하지만 이이온이 정확한 음계를 찍을 수 있다면, 한시

온은 그 까끌함을 매력으로 만들 수 있는 프로듀서였다.

이 파트가 딱 그랬다.

어지럽게 교차하는 안무 중에서 온새미로와 이이온은 누가 어떤 단어를 불렀는지 알 수 없게 뒤섞였다.

'가끔'은 온새미로가 부르고, '넌 날'은 이이온이 부른다.

'이해할 수'는 다시 온새미로가, '없'과 '듯'은 이이온이 부른다.

이건 엄밀히 따지면 노래를 나눠서 부르는 건 아니었다.

가사의 문장 형태만 보면 그렇게 되어 있지만, 멜로디 형태는 아니다.

한시온은 온새미로가 그냥 불러도 좋은 멜로디 구조를 짜고, 의도적으로 만들어 놓은 여백 사이에 이이온의 파트를 추가했다.

이이온이 정확한 음을 찍어 넣으면 다른 맛이 나는 장치를 만들엇다는 것이었다.

온새미로 혼자 부를 때는 깔끔한 멜로디지만, 이이온이 끼어들면 디스토션 들어간 것 같은 지저분한 맛이 난다.

하지만 그 지저분함을 싫어하는 사람은 아무도 없을 것이었다.

"와, 씨."

"뭔데?"

음악 방송은 꽤 잔인한 프로그램이다.

보통 본인이 응원하는 가수를 정해 놓고 방청을 하기 때문에, 타 가수의 노래에는 크게 반응하지 않는다.

하지만 온새미로와 이이온이 만들어 낸 하모니(라고 부를 수 있을지 모르겠지만)는 감탄이 절로 나오게 만드는 것이었다.

보고 있으면 현란한데, 귀로 받는 느낌은 매혹적이다.

그 부조화는 완벽한 조화보다 매력적이었다.

그때였다.

한시온이 슬라이드 하듯이 미끄러지며 노래를 시작했다.

State Of Mind는 장르로는 명백히 이모 힙합(Emo Hiphop)이다.

이런저런 장르를 섞는 걸 좋아하는 한시온치고는 드물게, 한 장르로 일관되게 밀고 나아갔다.

흔히 이모 힙합이라고 하면 멈블이나 클라우드 뮤직을 생각하는 경우가 많지만, 사실 이모 힙합은 하드코어 록의 후손이다.

더 정확히 말하자면, 하드코어 록의 다음 단계였던 포스트 하드코어 록의 영향을 받아서 탄생했다.

즉 이모 힙합도 감성적인 멜로디, 복잡한 박자 변화,

정신없는 곡의 변주란 특징을 가지고 있다는 것이었다.

그리고 단언컨대, 이걸 이 세상에서 가장 잘하는 건 한시온이었다.

**두 발이 닿은
촉감으로 시작되는**
Illusion Theme
**아득한 경계
환상과 망상**

엇박자로 치고 들어간 한시온이 음을 반음씩 떨어트리더니, 갑자기 멜로디를 쭉 앞으로 당겼다.

아마 전문가들이 봤다면, 한시온이 호흡을 쓰는 방법에 깜짝 놀랐을 것이었다.

엇박으로 시작했던 음이 정박으로 떨어졌지만, 스네어 드럼에 맞췄던 마디가 하이햇 드럼을 기준으로 바뀐다.

이걸 정박으로 불러야 할지, 엇박이라고 불러야 할지 아무도 모를 것이었다.

하지만 이제 한시온은 그럼 기술적인 부분에 매몰되지 않는다.

듣기 좋으면 그만이다.

어느새 당겨진 멜로디가 레이백을 형성하며, 비트보다

선명한 멜로디가 쏟아진다.
 가장 환상적인 건…….

 -경계!
 -망상!

 그 박자를 정확히 맞춰 주는, 세달백일 팬덤이 응원법에 맞춰 불러 주는 목소리였다.
 리얼리즘.
 살아 있음이 느껴진다.
 세달백일을 응원할 생각이 없었던 이들이 입을 벌리고 있는 게 마음에 든다.
 저 눈동자에 청각적 쾌감이 맺히길 원한다.
 그 순간, 군무가 쏟아졌다.
 박자를 잘게 쪼개며 몸을 크게 쓰고, 멤버들이 좌우로 교차하면서 손동작을 연결한다.
 떨어졌다 붙는 형태가 일체감을 준다.
 State Of Mind는 결국 마음의 상태에 대한 이야기였다.
 꼭 뮤직비디오의 스토리에서 오는 이야기가 아니다.
 한시온은, 그리고 세달백일은 한동안 혼란 속에 머물러 있었다.

커밍업 넥스트가 끝나고 다가온 선택의 순간에 그들은 안정이 아닌 모험을 선택했다.

그리고 성공했지만, 안도할 수는 없었다.

여전히 위험은 도사리고 있고, 그들을 바라보는 따가운 눈총은 존재한다.

구태환의 가사처럼 혼란스럽다.

최재성의 가사처럼 위험한 여행이고, 온새미로와 이이온의 말처럼 이해받지 못했다.

한시온은 이 모든 것이 환상과도 같은 경계 속에 서 있다.

두 발로 땅을 딛어도, 그곳이 내가 서 있는 곳이라고 확신하지 못한다.

하지만 그렇기 때문에……

La- La
Focus on me
State of Mind

마음의 상태에 집중해야 한다.

어느새 그것은 '내 마음'이 아니라 '우리의 마음'이 됐지만, 괜찮다.

그들은 같은 생각을 하고 있었으니까.

어디선가 음악 방송에 어울리지 않은 환호가 터져 나온 것 같았다.

안무와 노래를 소화하는 세달백일 멤버들은 서로를 쳐다볼 여유가 없었지만, 알고 있었다.

그들이 어떤 표정을 짓고 있을지.

아마…….

웃고 있을 것이다.

* * *

-와ㄷㄷㄷㄷ
-미친 거 아니냐?
-뮤직비디오가 개쩐다고 생각했는데 아니었음ㅋㅋㅋㅋ 걍 세달백일이 개쩌는 거였음ㅋㅋㅋㅋ
-야 진짜 케이팝 미래가 밝다.
-티티 선구안 지리네. 솔직히 난 세달백일에게 아이돌 뮤직 해 달라고 하는 거 보고 별로라고 생각했었는데ㅋㅋㅋ 이 정도라고?
-이거 앨범 13000원밖에 안 하던데. 나도 하나 사 볼까?
-환영합니다. 선생님!!!!
-우리 애들이 돈 벌 생각이 없나 봐요ㅠㅠㅠㅠ 굿즈도

퍼 줘서 좋으면서 걱정됩니다ㅠㅠㅠㅠ

-걱정 마셈ㅋㅋㅋ 쟤들 실력이면 진짜 ㅈㄴ 잘될 거임ㅋㅋㅋ 와 진짜 잘하네. 감탄했음.

-아니 한시온이 부모님 돈으로 가수 활동한 거라고 억까한 새끼들은 뭐 하는 놈들이냐. 이 정도면 걍 기획사가 줄을 서겠는데?

-ㅇㅇㅇㅇ무대 보고 나니까 진심 말도 안 되는 소리였다는 생각만 든다.

-드디어!!! 직캠이 나오겠죠?!

-앵? 세달백일 홈페이지 가면 세상에서 가장 비싼 직캠 이미 있는데?

-아 그거ㅋㅋㅋㅋㅋㅋㅋㅋㅋ

-ㅋㅋㅋㅋㅋㅋㅋㅋㅋㅋㅋㅋㅋㅋ

-뭔데. 나 입덕한 거 같아. 나도 알려 줘. 웃고 싶어.

-힙시온쉑. 내가 자존심 접고 이번 앨범 살게. 그래야 다음 앨범도 만들어 줄 거 아니야.

-나도ㅋㅋㅋ 근데 다음 앨범은 포스트 하드코어로 해 주면 안 되냐. 스오마 걸로 앨범 꽉 채워 주면 오만 원도 낼 수 있다.

-앨범 어디서 살 수 있나여?

-공홈 가면 됨.

-공홈 팬클럽만 로그인할 수 있는 거 아님?

-ㄴㄴ앨범 예약 페이지는 비회원이나 임시 회원으로 가능함.
　-팬클럽 다음 기수 언제 모집함?

* * *

　한시온의 부모님과 관련된 이슈는 너무나 충격적인 것이었고, 거대한 것이었다.
　그러니 관계자들은 당분간 세달백일의 활동이 위축될 수도 있다고 생각했다.
　하지만 아니었다.

[가요 테이스트 ‖ 세달백일 Colorful Struggle(Kpop Remix)]
[가요 테이스트 ‖ 세달백일 State Of Mind]

그러기에는 음악과 무대가 너무나 훌륭했다.

* * *

　부모님과 관련된 이슈는 지겹도록 많이 겪어 본 것이다.

처음엔 힘들었다.

전 국민의 동정 여론을 받으며 스넘제에서 2등을 차지했지만, 그 동정이 내 발목을 붙잡았다.

뭔 짓을 해도 '불쌍한 사람'의 프레임에서 벗어나지 못하더라.

뭐, 실력도 딱 그 정도긴 했다.

미숙한 2회차였으니까.

그 뒤로는 언론을 통제하기 위해 많은 노력을 기울였다.

부모님 이야기가 밖으로 새 나가지 않게 노력했지만, 불가능한 일이었다.

1~2년은 막을 수 있어도, 언젠간은 반드시 새어 나간다.

하지만 시간이 지나면서 알게 되었다.

그냥, 음악을 잘하면 된다.

부모님과 관련된 이슈를 이기는 방법은 실력뿐이다.

말도 안 되게 잘하면 사람들은 날 불쌍하게 보지 않는다.

부모님이 식물인간이 된 스토리까지 내 음악의 기저에 깔린 서사가 된다.

그게 좋다는 건 아니지만, 그게 싫지도 않다.

그렇다면 오늘 우리의 무대는 어땠을까?

사람들은 우리의 무대를 보며 어떤 인상을 가장 먼저······.

"한시온."

"응?"

"왜 침착한 척이야."

"뭐가."

구태환의 말에 짐짓 모르는 척을 했지만······.

젠장, 알고 있다.

감정 기복이 극심한 이 회귀자 자식이 또 무대에 올라가기 전에 헛소리를 지껄였다는 걸.

그래, 내 이야기다.

"시온 형은 커밍업 넥스트 할 때도 이러지 않았어요?"

"조용히 해."

"그렇다고 모든 무대에서 그러는 건 아닌데? 기준이 뭐지?"

"몰라."

그때 구태환이 나와 온새미로를 슬쩍 보면서 물었다.

"매니저 형은 어디 가고, 네가 차를 몰아?"

우리는 음악 방송이 끝나고 PD에게 인사를 하지 않았다.

오늘 부모님과 관련된 이슈가 터졌는데, 우리가 음방 복도에 서 있으면 어떻게 되겠는가.

동물원 우리에 갇힌 신세가 되겠지.

그걸 알아 준 CP가 PD에게 잘 이야기해서 보내 준 것이었다.

아니 근데 마피아도 아니고, 왜 음방이 끝나면 피디한테 우르르 몰려가서 인사를 해야 하는 거지.

아무튼 그 뒤로는 팬들과 짧은 만남을 가졌다.

서승현 팀장, 아니 이제는 본부장이라고 해야지.

서승현 본부장님은 팬들과 만나는 건 좋지만, 사진은 찍지 않는 게 좋을 것 같다고 했다.

너무 아무렇지 않아 보이는 것도 별로일 거라고.

그래서 사진 촬영만 제외하고는 팬들과 꽤 재미있는 시간을 보냈다.

정말 좋아하더라.

팬들도, 멤버들도.

우리 입장에서도, 팬들 입장에서도 이렇게 만나는 건 처음이니까.

근데 모든 팬들이 접이식 의자부터 물병까지 바리바리 들고 있는 걸 보고는 좀 당황했다.

심지어 쓰고 남은 건전지 소켓도 들고 있더라.

의자야 그럴 수도 있는데, 물병은 왜 들고 있는 거지.

물론 안 들고 있는 이들도 있긴 했는데, 쳐다보니까 버럭 소리를 질렀다.

버린 게 아니라 지하철 물품 보관함에 넣어 놓고 왔다고.

그렇게 짧은 팬 만남을 끝내고 우린 우리끼리 차를 타고 숙소로 돌아가는 중이었다.

내가 직접 운전해서.

근데 역시 구태환은 눈치가 빠르다.

나와 온새미로에게 무슨 일이 있었다는 걸 눈치 챈 듯했으니까.

수많은 일들이 쉬지 않고 벌어진 하루였지만, 온새미로에게는 아닐 거다.

온새미로의 부모가 숙소를 찾아온 게 오늘 새벽이다.

온새미로가 날 쳐다보는 눈빛이 느껴져서 고개를 끄덕였다.

짧은 한숨을 쉰 온새미로가 입을 열었다.

"사실은……."

온새미로의 이야기는 무미건조하게 이어졌다.

나는 그 태도가 꽤 마음에 들었다.

최대한 객관적인 상태를 유지하는 건, 어떤 고난이 닥쳤을 때 큰 도움이 된다.

온새미로와의 첫 만남은 별로였지만, 지금은 그가 단단해지는 게 만족스럽다.

온새미로의 이야기에 멤버들은 꽤 당황한 듯했다.

"시온이 너는? 너는 새미로의 부모님과 무슨 이야기를 했어?"

"아무리 생각해 봐도 이상해서 떠봤어요."
"뭐가?"
"숙소 위치를 알 수는 있죠. 근데 왜 왔을까요?"
"그게 무슨 말이야?"
"보통 이런 일은 초저녁에 벌어져요."
새벽 3시는 의지가 필요한 시간대다.

새벽에 일어나서(혹은 잠을 자지 않고 버티다가) 옷을 입고, 택시를 타서, 숙소에 침입한다는 과정은 100% 충동으로 벌어지기 힘든 일이다.

그래서 매니저와 경호원을 일단은 업무에서 배제시켜 놓은 것이었다.

서승현 본부장이 이야기를 좀 해 볼 거고, 나도 개인적으로 알아볼 거다.

하지만 설령 팩트에 기반한 근거를 찾아내지 못한다고 해도, 난 온새미로의 부모님과 관련된 일에 최대호가 얽혀 있다고 확신한다.

"최대호가 그렇게까지……."

이이온치고는 과격한 언사다.

사이가 틀어진 이후에도 꼬박꼬박 대표님이라고 부르더니, 최대호가 됐네.

언젠간 최대호 개자식이라고 부르는 걸 볼 수 있겠지?

"너무 걱정할 필요 없어요. 70%쯤 온 거 같으니까."

"70%? 뭐가?"

"최대호를 이겨 낼 과정?"

어쩌면 70% 이상일 수도 있고.

"전 일단 앨범이 나오는 다음 주 월요일까지 아무것도 안 할 거예요."

사진 촬영을 하지 않았던 것과 같은 이유다.

지금은 아무렇지 않은 모습을 보여 주는 게 오히려 위험하다.

"그러니까, 그동안의 이슈 메이킹은 여러분이 책임져 주세요."

* * *

세달백일이 SBN의 가요 테이스트에서 선보인 무대는 큰 화제가 되었다.

한시온과 관련된 이슈가 터져 나온 타이밍과 맞물리면서 사람들이 관심을 가진 것이었다.

덕분에 아이돌 무대로서는 드물게 알고리즘의 은총을 받기도 했다.

그 모습을 본 MBS과 KBN도 부랴부랴 세달백일을 음방에 섭외했다.

본래는 최대호 때문에 세달백일이 예능 활동을 못하고

있었지만, 이제는 의미가 없어졌다.

 전 국민이 한시온의 가정사를 알게 됐고, 세달백일이 앨범을 내는 걸 알게 됐다.

 이런 상황에서 음방 섭외를 안 한다?

 그게 이상한 거다.

 사람들이 쎄한 시선을 보낼 수도 있다.

 마지막으로 세달백일을 섭외한 음악 방송은 엠쇼의 M-믹스다운이었다.

 엠쇼는 세달백일을 섭외함과 동시에 스리슬쩍 비공개로 돌려 놓았던 커밍업 넥스트의 영상들을 공개했다.

 더불어 미공개 컷도 공개를 했는데, 누가 봐도 대놓고 한시온과 관련된 영상들을 풀어놓는 느낌이었다.

 처음에 티티는 엠쇼가 조회 수에 미쳐서 한시온의 어두운 개인사를 조명하려는 줄 알고 기겁을 했었다.

 하지만 의외로 그런 건 아니었다.

 한시온이 남들보다 한 시간씩 일찍 일어나서 음색을 다듬는 것.

 서울 타운 펑크에서 아쉬움을 느꼈던 최재성이 거기 합류한 것.

 그게 팀의 문화가 되어서 어느새 세달백일의 모든 멤버들이 일찍 일어나게 된 것.

 이런 것들을 천천히 풀어놓았다.

대중들은 큰 흥미를 느끼지 못했지만, 팬덤은 아니었다.

-뭐야ㅠㅠㅠㅠ 우리 애들은 타고난 천재가 아니었잖아ㅠㅠㅠ 다 노력이었다고ㅠㅠㅠㅠ
-와 쌩쇼 감 진짜 없다. 이걸 이제서 푼다고? 진작에 풀었으면 좋았잖아!
-이거 엠쇼가 세달백일한테 납작 엎드린 것처럼 보이지 않아?
-맞아ㅋㅋㅋ 믹스다운 출연도 예정됐고.
-와 우리도 메이저 음방 다 출연하네?!
-그중 하나쯤은 내 자리가 있겠지?
-이번에 가요 테이스트 공방 뛴 팬들 후기 봤어…?
-미미미미미미미친 듯이 부러워ㅠㅠㅠㅠㅠㅠㅠㅠ 음방 끝나고 주차장에서 한 시간 정도 이야기했대ㅠㅠㅠㅠ
-재성이가 자기가 가지고 있었던 〈???〉 포카도 나눠줬대.
-근데 전부 시온이 거라던데??
-시온 형이 자기 괴롭히면 반격하려고 동물잠옷 포카 가지고 다녔댘ㅋㅋㅋㅋ
-하, 진짜 개부럽다. 나도 거기 있었으면….
-부러워하지 마. 걔들은 이제 팬이 아니야.

─엥? 왜?
─성불했잖아.
─아하.
─납득완료.

 누군가의 말처럼 이건 엠쇼가 세달백일에게 보내는 화해의 시그널이었다.
 엠쇼는 테이크씬의 수익을 쉐어받지만, 이제 세달백일과 테이크씬은 같은 체급이 아니다.
 더 이상 두 팀이 한 프레임에 엮이는 일은 없을 거고, 파이를 갈라 먹지도 않는다.
 이렇게 되면 엠쇼 입장에서는 세달백일과 친하게 지내는 게 좋았다.
 심지어 세달백일이 이 화해를 유하게 받아들여 준다면 '엠쇼의 아이돌' 포지션을 줄 수도 있었다.
 숨겨진 이야기가 뭐든, 어쨌든 세달백일은 엠쇼에서 만들어진 그룹이 아니던가.
─그래서, 이번 예능은 제가 제작하게 됐습니다.
"포맷이 뭐라고요?"
─작가진이 다 붙어 봐야 알겠지만 해외에서 버스킹을 할까 합니다. 중간중간 미션도 수행하면서.
"한국인의 노래 실력에 스페인 공영 방송이 놀라고, 마드리드 주민들이 경악하는 그런 예능이요?"

-……부정은 못하겠네.

그 관계를 유하게 만들어 줄 수 있는 게, 강석우 피디기도 했다.

팬덤이 다시 찾아온 대떡밥의 시대를 씹고 뜯고 맛보고 즐기고 있었다면, 완전한 대중들의 시각은 좀 달랐다.

-성실한 청년이더군요.
-멋지게 나아가는 모습을 부모님들도 분명 보고 있을 겁니다.
-노래가 좀 정신 사납긴 했지만, 재능은 확실히 느껴졌습니다^^
-우리 아들이 생각나서 보면서 눈시울이 붉어졌어요.

아이돌 문화에 관심이 깊은 10-20을 제외한 연령대에서는 동정 여론이 굉장히 강했다.

그들은 한시온과 세달백일이 아무리 본업에서 큰 성과를 이루어 내도, 크게 느끼기 힘든 이들이었으니까.

하지만 한시온은 애초부터 앨범 발매에 맞춰서 본인의 가정사를 공개할 생각이었다.

최대호 때문에 살짝 이른 타이밍에 공개되긴 했지만, 염두에 뒀단 말이었다.

당연히 이에 대한 해결책도 있었다.

그중 첫 번째는…….

[더 마스크드 싱어! 명예 졸업에 도전하는 〈내마음의미로〉입니다!]

* * *

MBN의 더 마스크드 싱어는 순항 중인 프로그램이었다.

워낙 붙박이 프로그램이래서 잠깐씩 본방 시청률에 부침을 겪을 때도 있지만, 재방 시청률이 상당히 높다.

이 말은 실시간으로 방송을 따라가지 않더라도 한 번 보면 채널 이탈이 일어나지 않는다는 말이었다.

애초에 포맷이 그렇지 않은가?

저 가면 뒤의 가수가 누구일지 궁금해서 지켜보게 된다.

그런 의미에서 3주 전에 혜성처럼 등장한 〈내마음의미로〉는 현재까지도 정체가 불분명한 가수였다.

이 말은 곧, 내마음의미로가 3주째 가왕의 자리에서 내려오지 않고 있다는 말이기도 했다.

내마음의미로가 큰 화제를 만든 이유는 경쟁자들 때문

이었다.

 지난 3주 동안 더 마스크드 싱어에 출연한 가수들의 면면은 굉장했다.

 첫 주차부터 그랬다.

 발라드 가수 중 한 손에 꼽히는 넛츠.

 R&B 싱어 중 원톱이라는 벤.

 90년대 후반 대한민국 최고의 밴드 보컬이었던 오제형 같은 이들이 쏟아졌다.

 한데 구도는 이랬다.

 넛츠를 이긴, 벤을 이긴, 오제형을 이긴 내마음의미로.

 다음 주도 마찬가지였다.

 브리드를 이긴, 신정아를 이긴, 키토를 이긴, 내마음의미로.

 3주차 때가 대박이었는데, 말도 안 되게 쟁쟁한 가수들을 전부 '누군가'가 압살했다.

 그 '누군가'는 유명세는 낮을지언정 노래 실력만으로는 아이돌 최고의 솔로 보컬리스트인……

[테이크씬의 주연이었습니다!]

주연이었다.

 시청자들은 주연이 이렇게까지 노래를 잘 부르는지 몰

라서 놀랄 정도였다.

 하지만 주연의 정체가 공개됐다는 건, 이번에도 내마음의미로가 이겼다는 뜻.

 그리고 4주차.

 〈더 마스크드 싱어〉는 4번의 우승을 차지하면 명예 졸업을 할 수 있는 기회가 주어진다.

 한데, 명예 졸업에는 징크스가 있다.

 지금까지 명예 졸업에 도전한 이들 중에 성공한 이는 보컬의 신이라고 불리는 도재욱 한 명뿐이다.

 나머지는 경쟁자한테 무참하게 패배하면서 강제로 마스크를 벗게 되었다.

 사람이 참 웃긴 게, 명예 졸업에 도전했다가 패배해서 강제로 마스크를 벗으면 묘하게 비참해진다.

 이런 명예 졸업에 〈내마음의미로〉가 도전장을 내밀었다.

 "아빠! 시작한다."

 "어어. 갈게."

 그게 지금 전국의 TV로 송출이 되고 있었다.

* * *

 〈더 마스크드 싱어〉의 시청자들은 명예 졸업에 대해

이렇게 말하곤 했다.

-아 마싱에는 입학이랑 퇴학밖에 없다고!
-ㄹㅇㅋㅋㅋ
-제작진 놈들 누가 명예 졸업 도전하면 미친놈처럼 달려들잖아ㅋㅋ
-이번 주 라인업 기대된다.

누군가 명예 졸업에 도전하면, 제작진이 절대 사수를 위해 눈에 불을 켜고 라인업을 꾸린다는 이야기가 있다는 것.

사실 이건 반만 맞는 이야기였다.

처음에는 그럴 의도가 전혀 없었다.

명예 졸업 도전자가 나왔을 때 라인업이 세진 건 우연이었다.

하지만 시청자들의 기대 때문에, 지금은 정말 프로그램의 규칙이 되었다.

-내마음의미로 누구일 거 같냐?
-처음에는 정수성인 줄 알았는데, 키가 너무 크지 않냐. 정수성 프로필 170인데.
-깔창 낀 걸 수도 있지.

-노래 실력이나 스타일 보면 정수성, 피쓰, 이현욱 셋 중 하나임.
-거론되는 이름도 지리네ㄷㄷ
-어차피 오늘 제작진 진심 펀치 맞고 정체 공개될 거임ㅋㅋ
-명줄해서 공개할 수도 있지ㅋㅋ
-놉. 마싱입퇴 모름?
-마싱에는 입학과 퇴학밖에 없다.
-오 시작한다.

화면에 마스크를 쓴 8명의 가면 싱어들이 등장했다.

시즌1 때는 8강부터 결승까지를 60분 2주 방송으로 구성했지만, 시청률이 떨어지자 시즌2부터는 110분 편성에 1주 구성으로 바뀌었다.

제작진들 사이에서는 섭외하기 너무 힘들다며 다시 2주로 바꾸자는 말이 나오고 있었지만, 일단 현재 포맷은 그러했다.

잠시 뒤, 8강에서 4명의 탈락자가 나왔다.

탈락자의 면면은 화려했다.

-헐?! 콜라맛사이다가 피쓰였어?
-ㅁㅊ 피쓰가 1차전 탈락이라고?

-와 진짜 나 고등학교 때 피쓰형 노래 미친 듯이 들었었는데ㅠㅠㅠ
-그때 남고생들 노래방 가면 피쓰 1, 2집 다 부르고 나왔지ㅠㅠㅠ
-피쓰 상대는 대체 누구냐.
-그건 모르겠고 절대 명줄 시켜 주지 않겠다는 제작진의 의지가 보인다ㅋㅋㅋㅋㅋ
-마싱입퇴!
-마싱입퇴!

이어진 4강의 탈락자들도 화려했다.

-헐!!! 수진이 누나!!!
-미친, 장수진이라고?
-정신 나갔네, 4강 탈락자가 장수진이랑 프레이야;
-어지간하면 가왕 몇 번은 달 사람들인데;
-와 진짜 충격이다. 난 장수진이 한국 가수 중에 노래 제일 잘한다고 생각하는 사람인데.

이어진 결승에서 패배해 가면을 벗은 싱어는 시청자들이 '내마음의미로'라고 추측했던 정수성이었다.

-헐? 정수성?

-ㅁㅊ 나 친구랑 내기했는데. 내마음의미로가 정수성이라고.

-미로가 정수성 아니었어?

-이러면 내마음의미로로 추측되던 피쓰, 정수성이 다 떨어진 건데?

-와 그럼 이현욱이었네.

-근데 방금 결승 올라간 꽃패놀음이 이현욱 같지 않냐?

-ㅇㅇㅇ나도 그 생각함.

-설마 미러전인가?

-뭔 미러전이야 미친놈아ㅋㅋㅋ

그렇게 도전자 〈꽃패놀음〉과 4번째 가왕에 도전하는 〈내마음의미로〉의 무대가 시작되었다.

먼저 노래를 부른 건 꽃패놀음이었다.

-와ㄷㄷㄷ

-개잘부른다 진심;

-이현욱 맞네ㅋㅋㅋㅋㅋㅋ

-그니까ㅋㅋㅋㅋ 초고음 처리하는 거 보니까 백퍼 이현욱이야.

-명예 졸업은 실패해 버렸군.
-이 형은 저음이 개사기인데, 중음이 개사기고, 고음도 개사기야.
-걍 개사기네?
-ㅇㅇ정답.
-이번엔 미로도 쉽지 않겠다.
-팩트추) 내마음의미로는 이 소리를 4주째 듣고 있다.
-아닠ㅋㅋㅋ 글킨 한데 이번엔 진짜 너무 쎈데.

그렇게 꽃패놀음의 완벽에 가까운 무대가 끝이 났다.

* * *

12일 전.
가면을 쓴 채 가왕석에 앉아 있던 온새미로는 침을 꼴깍 삼켰다.
긴 고음으로 시작하는 노래의 첫 소절을 듣자마자 알겠다.
이현욱 선배님이다.
아이돌 지망생들은 대부분 두 종류의 롤 모델을 가지고 있다.
첫 번째는 선배 아이돌 그룹.

두 번째는 솔로 보컬리스트.

이현욱은 온새미로의 롤 모델이었다.

가면으로 얼굴을 가릴 수 있어서 다행이다.

그렇지 않았다면 벌써 패배감이 스믈스믈 기어 올라왔을 것이었다.

'내가 이길 수 있을까?'

온새미로는 진심으로 자신이 여기까지 온 것이 실력 30%에 운 70%라고 생각했다.

1주차 때는 대진 상성이 좋았고, 상대방이 실수를 했다.

2주차 때도 상대방이 실수를 했고, 3주차 때도 상대방이 실수를 했다.

3주차의 상대가 테이크씬의 주연이었다는 걸 알고서는 좀 당황하긴 했다.

자신은 커밍업 넥스트를 하면서 단 한 번도 주연을 이겨 본 적이 없으니까.

그렇다는 건, 역시 실수 때문이다.

커밍업 넥스트에서는 단 한 번도 실수를 하지 않았던 주연이었으니까.

하지만 온새미로는 도저히 이현욱이 무대에서 실수를 한다고 상상할 수 없었다.

그러니 이번엔 질 것이다.

마스크드 싱어 역사상 명예 졸업자는 보컬의 신이라고 불리는 도재욱밖에 없다.

그러니 자신이 명예 졸업을 해서 팀의 긍정적 이슈에 보탬이 되고 싶었는데…….

역시 꿈이었나 보다.

온새미로는 그런 생각을 하며 멍하니 이현욱으로 100% 확신하는 꽃패놀음의 노래를 들었다.

좋다.

너무나 좋은 노래다.

그런데…….

'왜 조금씩 실수를 하시지……?'

뭔가 좀 이상하다.

밴딩에서 미묘하게 치찰음이 났고, 호흡의 온도가 다르다.

이건 한시온한테 배운 건데, 노래를 부르지 않는 구간조차 컨트롤할 수 있어야지 진짜 일류가 될 수 있다고 했다.

한시온은 그걸 '호흡의 온도'라고 자주 표현했고.

정확히는 Temperature라고 했는데, 찾아보니 뜻이 온도였다.

한데, 이현욱의 온도는 일정치 않다.

게다가 연음이 일어나는 과정에서 아주 미묘하게 음이

틀어진다.

반의 반음? 혹은 반의 반의 반음 정도?

별거 아니라고 생각될 수 있지만, 이이온은 그것조차 맞추기 위해서 노력 중이었으니까.

지금까지는 이현욱의 노래가 완벽하다고 생각해 왔는데, 완벽은 이런 게 아니다.

완벽은······.

"온새미로. 네가 날 이길 수 있냐고 물어봤지?"
"맞아."
"불가능해. 그런 일은 절대로 일어나지 않아. 왜지 알아?"
"······네 재능이 더 뛰어나서?"
"틀린 말은 아닌데, 정답은 아니야."
"그럼?"
"날 못 이기는 건 너뿐만이 아니니까."
"누가 또 못 이기는데?"
"지금, 이 세상에서, 음악을 하고 있는 그 어떤 사람도."

한시온이다.

한시온이 부르는 노래를 들으면서 몇 번을 감탄했는지 모른다.

처음에는 그 감탄이 스스로를 갉아먹는 질투와 열등감

이었지만, 이제는 아니다.

그들은 친구니까.

온새미로는 더는 한시온을 이기고 싶다는 생각을 하지 않는다.

그냥 한시온이 원하는 만큼만 표현하고 싶다고 생각한다.

그래서 그들은 Resume를 녹음하기 위해 일주일을 바쳤고, 한시온에게 70점이란 점수표를 받았다.

그때, 온새미로의 머리에 또 다른 생각이 스쳐 지나갔다.

구태환이 해 줬던 말이다.

"우리가 그래요. 시온이 옆에 있다 보니 오징어가 됐을 뿐이에요."

구태환은 그들이 한시온과 비교하면서 냉정한 기준점을 잡지 못하고 있다고 했다.

자신들은 아주아주 잘하는데, 맨날 한시온이랑 비교를 당해서 찌질해진다고.

온새미로는 이 말을 절반 정도만 믿었다.

한시온과 비교하기 때문에 상대적 열위를 느끼는 건 맞지만, 그렇다고 절대적 열위에 있다고 생각하진 않은 것이었다.

하지만 어쩌면…….

지금까지 느껴 온 상대들의 실수는 실수가 아니었던 걸까?

한시온 같은 디렉터를 만난 적이 없어서 느끼지 못하는 실력이었던 걸까.

이현욱이 노래를 부르면 시온이는 70점 이하를 주는 걸까?

그렇다면…….

내가 이겨야 하는 게 아닐까?

한시온은 온새미로를 보고 늘 찌질하다고 놀리지만, 온새미로는 찌질하다기보다는 지나칠 정도로 신중한 타입이다.

이건 그가 유년시절에 자아를 존중받지 못했기 때문이며, 부모로부터 사랑을 받지 못했기 때문이었다.

한데, 자신의 롤 모델을 보며 자기방어 기제에 가까운 신중함이 깨졌다.

그렇게 이현욱의 노래가 끝이 났다.

관중들이 열광적으로 환호를 지르고, 패널들도 자리에서 벌떡 일어나서 박수를 친다.

그 반응이 얼마나 뜨거웠던지, 메인 피디가 다가와서 넌지시 물었다.

"잠깐 쉬었다가 진행할까요?"

앞선 무대의 열기가 지나치게 뜨거우면 냉정한 판단이 안 되기 때문에 묻는 거다.

평소의 온새미로였다면 눈동자를 파르르 떨며 고개를 끄덕였을 것이었다.

하지만 오늘은 달랐다.

"그냥 가겠습니다."

"그냥요?"

"제가 도전하는 건 그냥 졸업이 아니잖아요."

"그럼요?"

"명예로운 졸업. 맞죠?"

그렇게 말한 온새미로가 자리에서 일어났다.

피디한테 빨리 물러나라는 무언의 시그널이며, 촬영을 진행하자는 압박이었다.

그 모습을 보며…….

'뭐야, 이 중2병 같은 멘트는.'

피디는 이런 생각을 했다.

어쨌든 출연진이 원하니 별수 없다.

그렇게 피디가 물러나고, 촬영이 시작되었다.

패널도, 방청객들도 이번에도 명예 졸업이 불가능하다고 생각하는 상황.

온새미로가 부를 노래는…….

LB 스튜디오의 이현석이 작곡한 〈칫솔〉이었다.

온새미로는 이 노래를 커밍업 넥스트에서 부른 적이 있었다.

한시온이 부른 〈가로등 아래서〉를 듣고 너무 큰 충격을 받아서, 곧장 도전을 한 것이었다.

그때는 한시온과 직접적인 비교를 당하며 무대를 망쳐 버렸다.

하지만 이번엔…….

온새미로가 입을 열었다.

* * *

[더 마스크드 싱어, 두 번째 명예 졸업자의 정체는 세달백일의 온새미로!]

[오제형, 키토, 주연, 이현욱을 꺾고 4번의 가왕을 차지한 내마음의미로는 온새미로였다.]

MBN이 더 마스크드 싱어를 애정하는 이유는, 이 프로그램이 시청층이 아주 넓기 때문이었다.

10대부터 70대까지.

연령별 선호도의 차이가 거의 없는 드문 프로그램.

그러니 내마음의미로가 온새미로였다는 소식은 광범위

하게 퍼져 나갔다.

심지어 이건 세달백일의 팬덤인 티티조차 깜짝 놀랄 소식이었다.

-헐 미미미미친 이거 본 사람!
-나 진짜 저녁에 밥 먹으면서 보다가 뒤집어졌어!
-혈육이 내 최애에 대해서 묻는 경험은 처음이야....
-짜릿했어?
-아니 더러운 관심 좀 꺼 주면 좋겠던데.
-ㅋㅋㅋㅋㅋㅋㅋㅋㅋ
-와 나 너무 좋아. 온새미로 진짜 돌판 역사상 체고 메보 재질이라구ㅠㅠㅠㅠ
-한시온 때문에 좋은 파트 다 뺏기는 거 열받았는데 기분 개좋아.
-그건 좀...
-한시온이잖아...

그래도 티티는 좀 덜 놀란 편이었다.

그들은 세달백일의 콘텐츠를 열심히 파헤치기 때문에 온새미로가 얼마나 노래를 잘 부르는지 알고 있었으니까.

하지만 대중들은 뒤집어졌다.

주연은 급과 인지도가 좀 떨어지지만, 오제형, 키토, 이현욱이 누구던가.

대한민국 길거리에서 '누가 노래를 제일 잘해요?' 라고 인터뷰를 하면 반드시 거론되는 이름이다.

심지어 이현욱은 그 이상이고, 마지막 주차 라인업에는 정수성, 피쓰, 장수진이 포함되어 있었다.

-뭐냐 세달백일ㅋㅋㅋ 힙시온만 있는 게 아니었네???
-나 솔직히 힙시온이랑 이이온밖에 몰랐는데ㅋㅋㅋㅋ
-그 양아치처럼 생긴 애 있잖아. 걔도 얼굴은 앎.
-ㅇㅇㅇ나도. 와 근데 온새미로 지렸네. 노래 개잘불러서 100% 연차 엄청 오래된 가수인 줄 알았는데.
-내마음의미로가 내 마음 의미로가 아니었네;

이 이슈가 얼마나 강력했냐면, MBN 가요 테이스트의 State Of Mind 온새미로 직캠 영상의 조회 수가 급증할 정도였다.

지금까지는 한시온 〉 이이온 〉 구태환 〉 최재성 〉 온새미로였다면, 온새미로 직캠의 조회 수가 이이온을 이겨 버렸다.

그렇게 한시온은 가만히 있는데, 세달백일에 대한 기사가 쏟아졌다.

기자는 원래 대중들이 궁금한 걸 적어 내는 직업이고, 사람들은 지금 온새미로와 그가 속한 그룹이 궁금했으니까.

하지만 세달백일의 이슈는 여기서 끝이 아니었다.

[스테이지 넘버 제로! 그 대망의 시작!]

공중파 오디션 프로그램 역사상 가장 높은 시청률을 기록할 SBN의 스테이지 넘버 제로가 첫 시작을 알렸다.

* * *

스테이지 넘버 제로의 편성 광고에 세달백일이 등장한 건, 꽤 큰 이슈를 불러일으킨 일이었다.

사람들은 세달백일이 스넘제에 출연한다고 추측했고, 그 덕분에 SBN의 음방에 나갈 수 있었다고 생각했다.

하지만 시간이 좀 지나면서는 이러한 의견이 바뀌었다.

생각해 볼수록 이상한 일이다.

세달백일이 오디션 프로그램에 나갈 급인가?

물론 처음 편성 광고가 나올 때는 세달백일의 대외 활동이 컬러 쇼밖에 없긴 했다.

하지만 지금은 어떤가?

굳이 음악 방송을 언급하지 않더라도 뮤직 비디오 조회수가 미쳤다.
 그 무엇보다 곧 앨범이 나온다.
 앨범 활동을 어떻게 할지는 모르겠지만, 앨범을 내면서 스넘제에 나간다는 건 좀 이상한 일이었다.
 결국 대중들은 세달백일이 등장하는 예고편을 '응원'의 메시지라고 생각하기 시작했다.

 -시청률에 무친 제작진 놈들이 써먹은 듯
 -세달백일이 스넘제 나오면 반칙이지ㅋㅋㅋㅋ
 -아마 지인이나 누가 나오는 듯.

 실제로 편성 광고에 등장하는 세달백일의 멘트도 이런 느낌이었다.

 [최선을 다하면 좋겠고요.]
 [기왕이면 우승했으면 좋겠습니다.]

 그렇게 시간이 흘러, 스테이지 넘버 제로의 첫방 당일.
 대국민 오디션 프로그램은 골수 시청층이 존재하기에, 스넘제는 꽤 괜찮은 관심 속에서 시작했다.

-어, 방금 걔 아냐? 홍대에서 버스킹 하는 애?

-ㅇㅇ? 그게 누군데

-그 세달백일이 홍대에서 버스킹 할 때 한시온이랑 같이 기타 쳤던 사람 있는데.

-아아아아 나 그 영상 봤음.

-아, Nod의 Love on me?

-ㅇㅇㅇㅇ

-오 맞는 듯.

-잘 부른다. 느낌 있는데?

하지만 결국 오디션 프로그램의 흥망성쇠는 참가자들의 캐릭터에 달려 있기 마련이다.

그래서 제작진들은 노심초사 자신들이 방송에서 밀어주려고 마음먹은(혹은 이미 밀고 있는) 이들의 이미지에 대해 모니터링을 했다.

하지만 동시에.

'큰 거 온다…….'

'딱 봐라…….'

최재성의 등장에 대한 반응을 기대하고 있었다.

어느 프로그램인들 안 그러겠냐만, 오디션 프로그램은 특히 1화가 가장 중요하다.

그래서 제작진은 최재성의 등장 타이밍을 과감히 전진

배치했다.

70분짜리 방송이 절반도 지나지 않은 30분대.

[안녕하세요! 최재성입니다.]

최재성이 등장한 것이었다.

-?!?
-뭐야 재성이가 거기서 왜 나와?
-얘가 누군데
-세달백일 멤버잖아ㅋㅋㅋㅋ
-헐 리얼?
-에이ㅋㅋ 친구 응원이나 뭐 그런 거겠지.

하지만 아니었다.

[아실지 모르겠지만, 제가 세달백일이란 팀의 소속이거든요.]

-무슨 동네에서 유명한 동아리 말하듯이 하냐ㅋㅋㅋ
-틀린 말은 아니지. 한국에서 유명한 동아리일 뿐.
-ㅋㅋㅋㅋㅋ 쟤네 아직도 차트 1위인데.

-헐 아직도?
-ㅇㅇ 잠깐 내려가더니 음방 끝나고 오르고, 마싱 끝나고 또 오름

[근데 저희 팀 형들이 잘해요. 잘해도 너무 잘해요.]

-ㅇㅈ 도입부 천재, 얼굴 천재, 노래 천재.
-구태환, 이이온, 한시온?
-ㄴㄴ 구태환, 이이온, 온새미로.
-그럼 한시온은?
-한시온은 얘네랑 함께 언급할 레벨이 아니야.
-미친놈아 같은 팀이잖아
-그럴듯해.
-ㅋㅋㅋㅋㅋㅁㅊ

[그래서 한번 솔로로 증명해 보고 싶어서 나왔습니다.]

그 뒤로 목소리만 들리는 작가는 세달백일 소속인데 이렇게 마음대로 나와도 되냐는 질문을 던졌고.

[형들이 먼저 나가 보라던데요?]

최재성은 쿨하게 대답했다.

-ㅋㅋㅋㅋㅋㅋ아니 진짜 무슨 동아리 출신 같음ㅋㅋㅋ
-근데 최재성 잘하냐?
-몰라? 춤은 좀 추는 것 같던데.
-스테이트 오브 마인드에서 좀비 연기한 걔 아니냐?
-ㅇㅇㅇ맞음
-노래 걍 뭐 그럭저럭 같던데.
-아이돌들이 다 그렇지. 한시온이나 온새미로가 특별한 거임.

하지만 사람들의 기대감은 크지 않았다.
원래 최재성은 온새미로와 함께 '세달백일의 개'를 담당하던 멤버였다.
인지도만 따지자면 구태환도 비슷하지만, 구태환에게는 특유의 외모를 좋아해주는 열성적인 코어 팬들이 있다.
그래서 최재성의 입지가 좀 애매했다.
노래도 하위권, 외모도 하위권.
하지만 이건 다른 멤버들이 너무 빛이 나기 때문이지, 최재성이 다른 아이돌 그룹에 소속됐다면 에이스였을 것이었다.

한시온은 그걸 알고 있기에 최재성을 스넘제에 출연 시킨 것이었다.

어차피 스넘제 같은 프로그램으로 이슈 몰이를 해야 한다면, 최재성에게 기회가 될 수 있으니까.

하지만 이에 대해 최재성은 멤버들에게 물은 적이 있었다.

"차라리 새미로 형이나 이온 형이 출연하는 게 낫지 않을까요?"

하지만 의외로 한시온은 단호했다.

"우리 멤버들이 스넘제에서 공정하게 겨룬다면, 네가 가장 높이 올라갈걸?"
"제가요? 시온 형도 이기고?"
"어, 아냐. 나는 빼고."

최재성은 한시온이 빈말을 거의 하지 않는다는 걸 알고 있었다.

그러니 저 말은 진심일 건데, 솔직히 와닿진 않았다.

하지만 최재성은 온새미로와 달리 뭔가를 끊임없이 의심하고 파고드는 스타일은 아니었다.

Album 13. Revenge 〈111〉

결론을 내리기 힘든 문제가 있으면 차라리 뛰어드는 타입이었다.

그렇기 때문에 집에 뛰쳐나와 아이돌을 하고 있는 것이고.

최재성은 그냥 노래를 불렀다.

그를 단지 시청률의 불쏘시개로 생각하는 제작진 앞에서.

부정인지 긍정인지 알 수 없는 묘한 시선을 보내는 심사위원 앞에서.

그리고 최재성에게 별다른 기대를 하고 있지 않은 TV 앞의 대중들 앞에서.

그리고.

-????
-뭐야 ㅈㄴ 잘 부르는데;
-와 뭐냐 이 정도면 오제형이나 이현욱급 아니냐
-무대 하나 보고 그건 좀;
-근데 온새미로 생각해 보면 가능성이 전혀 없는 일은 아님ㅋㅋㅋ
-마스크드 싱어 아니었으면 온새미로 〉 이현욱이라고 했으면 ㅈㄴ 욕먹었겠지
-ㅇㅈㅋㅋㅋ

-와 진짜 잘 부른다.
-힙시온쉑. 눈 하나는 확실하다니까ㅋㅋㅋㅋ
-한시온이 꾸린 팀은 아니지 않아?
-한시온은 멤버가 별로면 과감하게 내칠 놈임ㅋㅋㅋ

대중들이 환호했다.
그 뒤로 프로그램에 세달백일의 모습도 등장했다.
최재성을 응원하는 모습이었는데, 예고편에 나왔던 그 장면이었다.

[세달백일, 스테이지 넘버 제로 출연?]
[세달백일 멤버, 스테이지 넘버 제로에 도전장을 던지다.]

주어를 쏙 빼고 낚시성으로 실시간 기사가 쏟아진다.
한시온만 알고 있는 사실이지만, 스테이지 넘버 제로는 원래도 잘될 프로그램이었다.
하지만 원래 언론은 호들갑을 떨길 좋아하는 법이었다.
프로그램이 끝나자 또 기사가 쏟아졌다.
하지만 그 중심은 최재성이었다.

[스테이지 넘버 제로, 4.2%로 긍정적인 스타트.]
[세달백일의 충격적인 등장에 분당 최고 시청률 5.1%!]
[세달백일의 최재성, 스테이지 넘버 제로의 키맨?]

-아니 근데 세달백일은 대체 뭐하는 놈들이냐? 얘는 또 왜 이렇게 잘해?
-이제 보니 한시온이 ㅈㄴ 악의 축이었네.
-갑자기?
-온새미로도 최재성도 노래를 저렇게 잘하는데, 한시온 때문에 부각이 안 되잖아.
-아 힙시온의 팬이지만 부정할 수 없는 논리인걸?
-생각해 보니 그러네ㅋㅋ 맨날 도입부 맡겨 주는 구태환 말고는 다 한시온에게 비교당하잖아ㅋㅋ
-우리 엄마가 방송 보고는 최재성 사윗감 삼고 싶다고 하더라ㅋㅋㅋ
-최재성 입장도 들어 봐야지.
-놀랍게도 우리 엄마는 아들만 셋임.
-;; 입장을 더 자세히 들어 봐야겠는걸?

그렇게 온새미로와 최재성이 이슈를 견인하는 사이, 세달백일도 간만에 유튜브 채널에 콘텐츠를 업로드했다.

[State Of Mind MV | 세달백일의 완전 해석본!]

한시온의 부모님 이슈 때문에 탄력을 받지 못해서 그렇지, State Of Mind의 뮤직비디오는 아직까지도 꾸준히 조회 수를 올리는 웰메이드 콘텐츠였다.

당연히 MV가 가지고 있는 의미에 대한 말들도 많았고.

[가면이 의미하는 바는 가식이나 익명성 같이 본심을 숨기는 장치입니다.]
[누구나 100%의 본능으로 살아가는 순간, 사회적 위치에서 말소되기 마련이니까요.]
[그렇기 때문에 서로 다른 이데올로기를 가진 이들이 맨 얼굴을 보는 순간, 죽어 버리죠.]
[혹은 최재성의 진영처럼 이성을 잃게 된다든가.]

한시온이 언급하는 해석의 방향성 자체는 주류 해석과 큰 차이가 없었다.

하지만 사람들이 놀란 건, 그 뜻을 전달하기 위해 뮤비에 담아 낸 디테일 포인트들이었다.

[여기서 사냥을 하던 이들의 화살촉을 보면 녹색 독을 묻히고 있는 게 보입니다. Green. 흔히 돈을 의미하는

속어죠.]

　[이들은 천민자본주의를 상징합니다. 그렇기에 이들이 모여 있는 공간을 잘 살펴보면…….]

　-아니 원래 가수들이 직접 뮤비 기획하면 짜치지 않냐ㅋㅋㅋ
　-그치ㅋㅋㅋ 욕 뒤지게 먹고 다음 뮤비부터는 전문가한테 맡기는 게 국룰인데.
　-이걸 한시온이 다 콘티랑 대본을 썼다고?

　[그리고 이온 형의 설정에 대해 궁금하신 분들도 많았던 것 같은데…….]

　또한, 티티가 가장 궁금해했던 인트로에 대한 떡밥도 풀렸다.
　뮤직비디오의 시작 지점을 보면 축제를 즐기던 중 이이온이 의도적으로 일을 벌인 것처럼 묘사가 된다.
　하지만 이내 정신을 차리고는 멤버들에게 마음의 상태에 집중하라는 조언을 남긴다.
　마지막으로 모인 공터에서도 위험성 무릅쓰고 가장 먼저 가면을 벗은 게 이이온이고.
　티티는 이게 커밍업 넥스트에서 이어진 설정 값이라고

추측하는 중이었다.

커밍업 넥스트에서 이이온은 회중시계의 색이 달랐다.

이는 그가 시간 여행을 독점하고 싶은 속내를 숨긴 빌런이기 때문이었다.

사실 이런 설정이 들어간 건, 이이온의 음색이 멤버들과 어울리지 않기 때문이었다.

하지만 이제는 다르다.

이이온은 각고의 노력 끝에 한시온의 악기가 될 수 있었고, 분량은 많지 않아도 중요한 포인트에 기용되고 있었다.

그래서 추가된 설정이…….

[인격이 두 개인 거죠.]

하지만 세달백일은 이 부분에 대해서는 자세히 설명하지 않았다.

언젠가 다른 콘텐츠로 풀어낼 날이 있을 거라면서.

그렇게 콘텐츠가 끝나고, 티티는 만족했다.

콘텐츠의 질에 만족한 것도 있지만, 그보다는 대중의 반응이 더 만족스럽다.

한시온의 부모님에 대한 이야기를 하는 이들이 많지 않았다.

오히려 온새미로의 마스크드 싱어나, 최재성의 스넘제에 대한 실시간 채팅이 더 많은 느낌.

이제 남은 건…….

'앨범 발매다.'

'이것만 대박 나면 진짜진짜 인지도랑 몸값 떡상인데!'

오늘은 토요일.

내일은 일요일.

일요일에서 월요일로 넘어가는 자정에 세달백일의 정규 1집 앨범인 〈The First Day〉가 음원 사이트를 통해 공개되니까.

-우리 애들은 뭐 하고 있으려나

-보통은 인터뷰하고 화보 찍고 홍보 예능 찍고 있을 텐데….

-세달백일은 왠지 자기들끼리 놀고 있을 것 같아ㅋㅋㅋ 막 음악 만들면서.

-그치ㅋㅋㅋ 근데 그게 또 익숙해져서 그런지 나쁘지 않아.

-뭔가 차별화된 느낌이야.

팬들은 앨범 발매를 하루 앞둔 세달백일이 어떤 시간을 보내고 있을지 궁금해했다.

그리고는 공홈에 이런저런 이야기를 떠들어 댔고, 그걸 본 최재성이 숙소의 모습을 찍어 올리기도 했다.

―근데 시온이는 어디 갔어? 사진에 없어!
[시온 형은 잠깐 볼일이 있어서 나갔어요! 금방 올 거예요!]

최재성은 그렇게 말했지만…….
사실 한시온은 가벼운 일로 나간 게 아니었다.
"오랜만에 뵙네요."
"……앉지."
한시온은 라이언 엔터의 대표실에 있었다.
최대호와 단둘이.
그리고 이 만남을 주선한 건 최대호였다.

* * *

'내가 졌군.'
최대호가 이런 결론을 내린 건, 한시온의 부모님과 관련된 이슈가 깔끔하게 정리됐기 때문은 아니었다.
온새미로의 부모가 멍청하게 양쪽에서 돈을 받으려다 양쪽에서 팽을 당했기 때문도 아니었다.

최대호가 자신의 패배를 직감한 건, 의외로 더 마스크드 싱어 때문이었다.

최대호는 자신의 프로듀싱 감각에 자신이 있는 사람이다.

이 말은 곧, 듣는 귀 하나만큼은 누구 못지않게 뛰어나다는 뜻이었다.

한데, 〈내마음의미로〉가 온새미로인 줄 몰랐다.

커밍업 넥스트를 하면서 꾸준히 디렉팅을 했고, 연습 과정과 결과물을 전부 지켜봤는데도 말이다.

충격적인 일이었다.

남들이 이런 최대호의 생각을 알았다면 '고작 그걸로 충격을 받는다고?'라고 의아해할 수도 있다.

하지만 최대호의 기준에서는 놀라운 일이었고, 이는 세달백일에 대한 객관성을 되찾게 만들어 준 계기가 되었다.

지금의 세달백일은 자신이 알고 있던 그 팀이 아니라고.

덕분에 최대호는 편견과 폄하의 마음을 버리고 세달백일의 State Of Mind의 무대를 보았다.

훌륭하다.

아니, 완벽하다.

퍼포먼스나 곡의 완성도를 두고 하는 말이 아니다.

세달백일 멤버들의 노래에 대한 이야기다.

어떻게 이런 이들이 한 팀에 모였나 어이없을 정도다.

그래서 최대호는 결론을 내렸다.

이제 세달백일은 막을 수 없는 열차라는 걸.

자존심이 상하고, 속이 상하긴 하지만, 자신은 사업을 하는 사람이다.

그동안 세달백일을 무너트리려고 한 건, 기득권 카르텔을 지키기 위함이다.

셀프 메이드로 독립한 아이돌이 큰 성공을 거둔다?

업계 전반에 큰 악영향을 주는 요소다.

본인들의 실력을 과대평가하는 연습생들이 '나도 세달백일처럼 될 수 있는데 왜 이런 고난을 견뎌야 하지?'라고 반기를 들 수 있는 일이니까.

하지만 어찌 됐든 세달백일은 성공을 해 버렸다.

열차에 흠집을 낼 수는 있겠지만, 멈출 수는 없다.

흠집을 내는 데도 시간과 비용이 들어가는데, 그걸 지불할 이유가 없어진 것이었다.

그렇다면 결론은 간단하다.

'카르텔로 끌어들여야지.'

세달백일과 화해를 해야 한다.

그렇게 결론을 내리니 머리가 맑아졌다.

딱히 아니꼽지도 않았고, 억지로 손을 내미는 것도 아

니었다.

사업가 최대호는 진심으로 세달백일과의 화해가 가장 좋은 수라고 생각했으니까.

좀 아쉬운 건…….

"최대호 대표님. 제가 조심스럽게 조언 하나 드려도 되겠습니까?"

"세달백일을 밟을 거면, 최대한 빠르고 무자비하게 짓밟아야 할 겁니다. 그 친구들……. 만만치 않아요."

"아니면 차라리 지금 화해를 하시죠. 그냥 놓아주세요. 더 큰 화로 돌아오기 전에."

더블엠의 오 대표의 조언을 들었어야 했다는 것이다.

이미 세달백일 때문에 손해를 본 게 많으니까.

하지만 지난 일인 걸 어쩌겠는가?

최대호는 결론을 내렸고, 한시온에게 연락을 했다.

이야기를 나누자고.

한시온은 흔쾌히 수락했고, 그게 최대호의 마음을 편하게 만들었다.

엄청난 음악적 재능과 예술가적 기질을 지닌 한시온이 사업 감각까지 있는 건 이해하기 힘든 일이지만.

어쨌든 한시온에겐 사업 감각이 있다.

그러니 말이 통할 것이었다.

자신이 총을 내려놓은 게 확실하다는 증거만 있으면.

그렇게 약속 시간이 되어서 한시온이 라이언 엔터로 찾아왔고, 두 사람은 처음으로 독대를 하게 되었다.

분명 편한 마음이었는데, 멀끔한 한시온의 얼굴을 보니 좀 아쉽긴 하다.

짓밟지 못해서 아쉽다기보다는 차라리 커밍업 넥스트가 끝나고 세달백일을 완전체로 데려왔어야 했다는 아쉬움이었다.

"……앉지."

"네."

"뭘 마시겠나? 커피? 주스?"

"물이면 좋을 것 같습니다. 아시다시피 체중 관리 중이라서."

"그래."

물을 마시는 한시온을 본 최대호는 가장 먼저 오랫동안 품고 있던 의문을 꺼냈다.

"궁금한 게 있는데, 어디까지가 자네의 시나리오인가?"

"세달백일의 성공 과정 말씀이신가요?"

"그래. 솔직히 좀 어안이 벙벙해. 내가 인디펜던트 밴드한테 영향력을 행사할 수 없을지도 몰랐고."

인디 씬에서 공연을 하고 돌아다닐 때만 해도 이런 순간이 올 거라고는 상상도 못했었다.

하지만 그 뒤로 말도 안 되는 일들의 연속이었다.

나락 탐지기부터 시작해서, 드롭 아웃과 NOP, 자체 컨텐츠, RESUME, 뉴스 출연, 컬러 쇼, 시사이드 하이츠 영상, 빌보드 진입, 커밍업 넥스트의 조작 논란까지…….

대부분은 하늘이 도운 일이겠지만, 분명 어느 정도는 한시온의 시나리오도 있었을 거란 게 최대호의 생각이었다.

하지만 한시온의 대답은 달랐다.

"제가 전혀 예상하지 못했던 건 두 가지입니다. 하나는 NOP랑 드롭 아웃의 동발."

"……."

"또 하나는 최대호 대표님이 이렇게까지 빠르게 백기를 들었다는 거."

"……."

백기라는 단어가 몹시 거슬리지만, 틀린 말도 아니긴 하다.

그는 더 이상 세달백일을 공격하는 데 소모되는 인적 자원과 물적 자원을 감당하기 싫어졌으니까.

하지만 역시 믿기 힘들다.

"그럼 모든 게 자네의 시나리오였다는 건가?"

"시나리오가 어디 하나만 있나요. 컬러 쇼는 계획에 없던 거지만, 에디가 이야기해 주는 순간 시나리오에 포함시켰죠."

"그래, 대단하군."

최대호는 믿는 눈치가 아니었고, 한시온도 딱히 납득시키고 싶은 눈치가 아니었다.

그렇게 두 사람 사이에 침묵이 흘렀고, 침묵을 깬 건 최대호였다.

사업가 대 사업가로서 용건이 있는 쪽이 먼저 입을 여는 것이니까.

"두 가지 선택지가 있네."

"말씀하시죠."

"첫째는 테이크씬과의 콜라보레이션이네. 테이크씬이 체급이 떨어지니 투자, 제작, 홍보 비용을 전부 우리가 대고, 쉐어는 반반."

"두 번째는요?"

"사업자를 냈지? 라이언 엔터가 지분의 10%를 매입하겠네. 10%가 무슨 의미인지 알지?"

경영에 참여할 의도는 전혀 없고, 관계가 회복됐다는 시그널만 시장에 보여 주자는 뜻이다.

"얼마에 사시렵니까?"

"그건 맞춰 봐야겠지. 냉정한 기업 가치 이상은 쳐주겠다고 약속하지."

최대호는 한시온의 자신의 수를 받을 것이라고 믿었다.

셀프 메이드를 이룩한 세달백일이지만, 계속해서 라이언 엔터와 척을 지고 싶진 않을 것이었다.

라이언 엔터가 세달백일을 공격하는 데 비용이 든다면, 세달백일도 수비하는 데 비용이 든다.

또한 냉정하게 따져서 정말 끝까지 간다면, 결국은 라이언 엔터가 세달백일을 이긴다.

세달백일이 영원히 히트곡을 낼 수는 없다.

신들린 것처럼 몇 년간 히트곡을 쏟아내던 작곡가가 갑자기 쓰레기 같은 곡을 내기 시작하는 게 이 바닥이다.

영원할 것 같던 인지도로 폭풍 같던 이슈를 몰고 다니던 톱스타가 순식간에 잊히는 것도 이 바닥이다.

하지만 자본은 영원하다.

그러니 세달백일 입장에서도 라이언 엔터와 끝까지 척을 질 이유가 없는 것이었다.

아마 한시온도 이걸 알고 있기에 단 한 번이라도 오피셜로 '라이언 엔터가 저희를 핍박해요'라고 말하지 않은 거다.

최대호는 그렇게 확신했다.

갑자기 한시온이 폭소를 터트리기 직전까지는.

"하하하하."

웃음은 쉽게 그치지 않았다.

미친 듯이 웃던 한시온이 남은 물을 들이키더니 입을 열었다.

"아, 이거 참. 재밌네."

"……예의가 지나치게 없군."

"죄송합니다. 웃으려던 건 아닌데 어이가 없어서."

"……."

"정말 그런 제안을 하려면 온새미로의 부모를 동원하기 전에 했어야죠. 구태환이 학폭 가해자라느니, 최재성의 집안이 어쩌니, 이이온이 스폰을 받다가 전 소속사에서 나왔다느니 같은 소리는 안 했어야죠."

최대호는 고개를 갸웃했다.

자신은 그런 짓을…….

'아.'

생각해 보니 하긴 했다.

템퍼링 논란이 커밍업 넥스트의 조작 논란으로 번지고, 테이크썬의 부정 우승 논란으로 번질 때.

[이이온이 전 소속사 나온 썰]
[구태환 학폭 논란(+증거 첨부)]
[님들 최재성 부모님이 누군지 앎?]

급한 불이라도 끄기 위해서 세달백일의 멤버들을 공격했었다.

하지만 이게 치명적으로 작용할 거라고 생각하지 않았다.

그냥 시간 벌기였다.

결과적으로도 이런 건 아무 이슈도 되지 않기도 했다.

의아하다.

"전부 흐지부지된 일이 아니던가?"

"그걸 정하는 건 저도 아니고, 대표님도 아닙니다. 당사자들이죠."

"그래서? 고작 그런 행위 때문에 끝까지 가겠다고?"

"아뇨 뭐, 그것 때문에 끝까지 가는 건 아니죠."

"그럼 자존심은 여기까지 세우지. 자네는 똑똑하니까 내가 어떤 마음인지 짐작할 텐데."

"자존심?"

그 순간, 최대호는 섬뜩한 기분이 들었다.

라이언 엔터는 연예계에서 강한 영향력을 행사할 수 있는 회사고, 이는 곧 대중들에게 강한 영향력을 행사할 수 있음을 의미한다.

그렇기 때문에 고작 시총 1조짜리 회사임에도 생각보다 고위층들과 접점이 많다.

여기서 말하는 고위층은 '고작 시총 1조'라고 표현하는 이들이다.

최대호는 그런 이들과의 만날 때마다 섬뜩한 기분이 들었다.

자본주의의 최상단에 서 있는 이들의 몸에 배어 있는 포식자 기질은 숨겨지지 않는다.

그들은 목표를 위해 무엇이든 할 수 있는 이들이고, 그게 인외(人外)의 것이라도 개의치 않는다.

최대호는 그들의 비정함과 무정함을 볼 때마다 종종 두려움을 느끼곤 했다.

한데…….

지금의 한시온에게서 그런 느낌이 든다.

자신을 가만히 내려다보는…….

'내려다보는?'

어째서 내려다본다는 생각을 한 거지?

최대호가 갈피를 잡지 못할 때, 한시온이 입을 열었다.

확연히 달라진 인상과 말투로.

"한 가지 물어볼까? 당신이 우리를 프로듀싱 했다고 지금보다 더 나은 결과를 만들어 낼 수 있어?"

거짓말로라도 그렇다고 답할 수 없다.

가수의 이미지는 거의 소모하지 않은 채, 음악적 성과만으로 어마어마한 인지도를 쌓은 게 세달백일이니까.

이제 예능을 골라 가며 천천히 대중들의 눈앞에 등장하

기 시작하면, 슈퍼스타가 될 것이다.

"내가 왜 라이언 엔터에게 공격당한다고 성토를 안 했냐고? 동네방네 소문내지 않았냐고?"

"……."

"멤버들에게는 승리 이후를 보자고 했지. 언젠간 기득권에 편입될 건데, 요란하게 굴 이유가 없다고. 근데 그건 그냥 납득시키려고 한 말이야. 내 본심은 다르지."

한시온이 흉흉한 눈빛으로 말을 잇는다.

"같잖아서."

"……!"

"알량한 재능과 재주로 운 좋게 일군 사업체로 목표를 방해하는 게."

"……."

"너 때문에 내가 앨범을 몇 장을 손해 봤을 거 같아? 언제 끝나 버릴지 모르는 인내심은?"

최대호는 한시온의 말을 이해할 수 없었지만, 입을 열 수도 없었다.

"그러니까 얌전히 기다려. 때가 되면 내가 알아서 무너트려 줄 테니까."

그렇게 말한 한시온이 자리에서 벌떡 일어났지만, 대표실을 떠나진 않았다.

대신 소시오패스라도 되는 것처럼 빙긋 웃더니 나긋하

게 말했다.

"최대호 대표님."

"……."

"다음부터 살려 달라고 빌고 싶으면 전화나 카톡으로 부탁드려요."

그렇게 대표실을 빠져나갔다.

한 마디 말을 남기고는.

"우리가 좀 바빠질 거니까."

* * *

2017년 9월 11일 0시.

세달백일의 〈The First Day〉가 세상에 공개되었다.

아직은 아무도 모르겠지만, 거대한 바람을 불러일으킬 앨범이었다.

Album 14. 증식

Title : The First Day
Artist : 세달백일
Track : 14

Track List.
01. The First Day
02. Colorful Struggle
03. Freedom is not Free
04. Resume
05. Survival Tactics
06. We made it
07. State Of Mind

08. Pin Point (Title)
09. Holiday
10. Summer Cream
11. Apiary
12. Back in Work
13. On & On

Bonus Track.
Colorful Struggle (Kpop Remix)

* * *

스트리밍 서비스의 등장은 음반의 가치를 떨어트렸고, 스마트폰의 등장은 음반의 존재 의미를 상실케 했다.

더 이상 사람들은 음반에 관심을 갖지 않는다.

음원에 관심을 갖는다.

과거에는 아티스트의 음악을 정의하는 단위가 음반이었다면, 현재는 아티스트의 음악을 정의하는 단위가 음원이 된 것이었다.

이런 상황에서 음반의 모든 수록곡을 듣는 이는 두 부류밖에 없었다.

첫째는 팬.

이들은 음반에 담긴 서사를 읽으려고 노력하고, 아티스트의 의도를 파악하려고 노력한다.

자정이 되기 훨씬 전부터 대기 중이던 세달백일의 팬들도 음원이 공개되자마자 숨도 안 쉬고 재생을 눌렀다.

그리곤 환호성을 내질렀다.

14트랙.

러닝 타임 68분.

요즘 케이팝 시장에서 보기 드문 풀 렝스 앨범.

한데, 한 곡 한 곡이 맛있다.

컬러풀 스트러글의 두 버전과 레주메, 스테이트 오브 마인드는 이미 공개된 곡이었지만, 연속된 트랙 안에서 들으니 맛이 또 다르다.

-미친 너무 좋아;

-스오마가 타이틀이 아니라서 좀 당황했는데ㅎㅎ 타이틀곡 듣고 바로 납득 완료!

-핀 포인트 이거 개쩐다. 왠지 군인 룩으로 무대 할 거 같아.

-서머 크림 미친 거 아니에요???

-2222222 케이팝 역사상 최고의 뭄바톤이야ㅜㅜㅜㅜㅜ

-이게 나라다!

-이이온 뭐야뭐야 핀 포인트에서 홀리데이로 넘어가

는 부분 무한 반복 중

-찾아보니까 Apiary가 양봉장이래ㅠㅠㅠㅠ 가사 의미 빡 왔어!

-설마 우리가 꽃이야?

-그런 거 아닐까??

-아니 인트로부터 미친 거 아니야?

세달백일의 공홈에 있는 실시간 채팅 기능이 말도 안 되는 속도로 갱신되기 시작한다.

팬들이 앨범을 들으면서 모든 트랙에 대한 감상을 던지고 있는 것이었다.

이처럼 팬들이 앨범의 풀 버전을 듣는 건, 아티스트를 사랑하고 숭배하기 때문이었다.

그러니 이들은 결과물이 어지간히 실망스러운 게 아니라면 비판의 칼날을 드는 일이 잘 없었다.

하지만 음반의 모든 수록곡을 듣는 두 번째 부류는 달랐다.

첫 번째 부류가 팬이었다면, 두 번째 부류는 평론가들이었으니까.

현재는 한국뿐만 아니라, 세계적으로 음악 평론가들의 역할이 점점 축소되는 추세였다.

이들에게 세달백일의 〈The First Day〉는 꽤 반가운 음반이었다.

앨범이 점점 줄어드는 추세인 케이팝 시장에서 보너스 트랙을 포함해서 14트랙이나 되는 큰 볼륨의 앨범을 공개했으니까.

하지만 단지 볼륨이 큰 작품인지, 수준 높은 대작일지는 들어 봐야 안다.

평론가들은 그런 생각을 하며 세달백일의 앨범을 들었고……

"뭐야?"

감탄했다.

아니, 어이없어했다.

한시온이 천재적인 재능의 작곡가라는 건 이미 알고 있다.

사실 일반 대중보다 평론가들이 한시온의 재능을 더 높게 산다.

한시온은 흔히 말하는 쪼(버릇)가 전혀 보이지 않으며, 다채로운 장르를 넘나드니까.

그뿐인가?

작곡에 걸리는 시간도 짧다.

커밍업 넥스트가 끝나고 한시온이 쏟아 낸 곡 수를 생각해 보면 경이로운 수준이다.

하지만 음원을 잘 만드는 것과 음반을 잘 만드는 건 좀 다른 일이다.

당장 빌보드에도 싱글에선 날아다니지만 앨범에서는 죽을 쑤는 아티스트들이 많으니까.

앨범의 서사와 유기성을 고려해서 트랙을 배치하고, 트랙 간의 연결에 공을 들이는 건 쉬운 일이 아니다.

하지만 세달백일은, 그리고 한시온은 이 부분을 완벽히 해냈다.

아름다운 앨범이다.

'……비판할 부분이 없는데?'

깔 게 없다.

그나마 유일하게 아쉬운 점이라면 앨범에 담긴 메시지가 뻔하다는 것 정도?

그리고 하나의 앨범에 들어간 음악 장르가 너무 많다는 정도?

〈The First Day〉라는 앨범 타이틀에서 짐작할 수 있듯, 이건 세달백일의 시작을 의미하는 앨범이었다.

1~4번 트랙은 새로운 세상에 떨어진 그들의 마음을 보여 준다.

특히 자유는 공짜가 아니라는 3번 트랙에서, 4번 트랙인 레주메로 이어지는 감정선이 유려하다.

5~7번 트랙에서는 그들의 도전 정신을 보여 준다.

하드한 사운드를 좋아하는 이들은 이 부분을 사랑할 수

밖에 없다.

5번 트랙인 Survival Tactics로 그들의 생존 전략을 보여 주고, 6, 7번 트랙으로 전략을 완성한다.

그리고 이 앨범의 타이틀이자 8번 트랙인 Pin Point로 그들의 성공을 보여 준다.

9번 트랙부터 11번 트랙까지는 망중한, 성공 이후의 잠시간의 휴식을 이지 리스닝 장르로 보여 주었고.

12번 트랙과 13번 트랙으로 다시 본업으로 돌아오는 모습을 보여 주며 앨범을 마무리 짓는다.

보너스 트랙인 케이팝 스트러글이 아이돌 뮤직이라는 걸 고려해 보면, 그들의 본업이 아이돌이라는 걸 뜻하는 듯했다.

앨범이 나오기 전부터 예상 가능한 메시지였다.

그게 좀 아쉽다.

하지만 그렇다고 비판할 점이 되진 않는다.

왜냐하면…….

'데뷔 앨범이잖아!'

이게 세달백일의 데뷔 앨범이니까.

그래서 평론가들은 혼란에 빠져 있었다.

이리 듣고 저리 들어도 절대 데뷔 앨범으로 보이진 않는다.

차라리 노련한 거장이 현대의 케이팝을 위해 찬송가를

써 내렸다는 표현이 적절하다.

평론가들마다 취향은 좀 다르겠지만, 보통 대한민국 역사상 최고의 명반으로 꼽히는 게 유재하의 〈사랑하기 때문에〉와 들국화의 〈들국화〉다.

음악의 성격은 많이 다르지만, 세달백일의 〈The First Day〉에서 그런 냄새가 난다.

전설의 시작과도 같은.

* * *

[세달백일 〈The First Day〉, 케이팝 아이돌 디스코그래피의 정점.]

……이 같은 트랙의 배치는 자칫 잘못하면 산만함으로 보일 여지가 있다.

하지만 세달백일은 산만함을 유려함으로, 그리고 다양함으로 그려 낼 수 있는 실력으로 유기적 통일감을 만들어 냈다.

이는 아이돌로 통칭되는 아티스트들이 만들어 낼 수 있는 디스코그래피의 정점과도 같은 형태이다.

들국화의 데뷔 앨범과 N.E.X.T의 2집을 연상케 하는…….

*　*　*

－아니 우진이 형. 뭔 아이돌한테 들국화랑 넥스트를 가져다 붙이고 있어; 좀 실망이네.
－돈 받았나?
－개소리ㄴㄴ 송우진은 타협하지 않는 평론가임. 드롭아웃 3집 앨범에 별 2개 줬다가 드리밍한테 테러당하고도 웃던 형임.
－드롭 아웃 3집 좋지 않았나?
－ㄴㄴ 타이틀곡만 좋긴 했음. 수록곡이 쓰레기.
－이 형 빈말하는 형 아닌데? 진짜 이 앨범이 별 5개짜리라고? 송우진이 5개 준 거 진짜 별로 없는데?
－들어 보러 간다.
－앨범 단위는 모르겠는데, 음원으로는 한시온이 더 증명할 필요 없지 않냐?
－한시온이 누군데.
－이 아저씨 산에서 살다 왔나.
－근데 이거 공동 작곡이 왜케 많음ㅋㅋㅋㅋ 이거 ㄹㅇ 공동 작곡임?
－루시드 빈이랑 공동 작곡했겠냐. 그냥 샘플링 뜬 거지.

하지만 이런 평가는 아이돌 음악에 대한 편견이 없고, 듣는 귀가 뛰어난 평론가들의 감상이었다.

'어차피 아이돌 앨범이잖아.'

편견을 가지고 앨범을 들은 평론가들도 분명 존재했다.

현 시대의 평론가들은 예전처럼 능력을 인정받아 잡지와 신문에 글을 기고하는 이들이 아니다.

본인의 블로그에 평론을 올리더라도 평론가 행세를 할 수 있다.

평론가의 수가 줄어들었다고 해서 질적인 향상을 이뤄낸 건 아니란 말이었다.

이런 이들은 세달백일의 공동 작곡에 집중했다.

The First Day에 참여한 아티스트 이름을 보면, 이해할 수 없는 이름이 많다.

크리스 에드워드부터, 루시드 빈, 얀코스 그린우드 같은 거장들의 이름이 주르륵 나열되어 있다.

이 말은 곧 한시온이 이들의 음악을 샘플링했다는 것이었다.

샘플링이 나쁜 건 아니다.

샘플 클리어만 된다면 법적으로 문제가 발생하지도 않고.

하지만 샘플링을 했다고 공동 작곡가에 이름을 올리는 경우는 드물다.

그렇다는 것은……
'통샘플링 아냐?'
특별한 2차 창작 없이 원곡의 라인을 그대로 가져다 썼음을 의미한다.
이들과 실제로 협업을 했을 리가 없으니까.

* * *

[〈The First Day〉, 탈피하지 못한 아이돌 화법과 기생하는 음악의 맥락]

……높은 수준의 사운드임은 틀림없다. 하지만 중반부에서부터 시작되는 이지 리스닝을 겨냥한 트랙의 배치가 앨범의 담론을 무너트린다.
또한 공동 작곡가로 이름을 올린 아티스트들의 면면을 살펴보면……

* * *

-뭐야 송우진은 5개 줬는데. 2개 반??
-이 새끼 앨범 안 듣고 쓴 듯. 절대 2개 반 줄 앨범이 아닌데.

-아이돌 앨범이 거기서 거기지. 어차피 춤추려고 만드는 거 아니냐?
-두 개 반이 딱 적절한 앨범이긴 함.
-개소리ㄴㄴ 앨범 존나 잘 뽑았는데.
-근데 통샘플링으로 뽑은 거면 좀 애매하긴 함.
-ㅇㅇ 통샘플링이면 좀 실망이긴 함. 한시온 천재인 줄 알았는데.
-여태 한 것도 샘플링 뜬 거 아냐?

현 시점에 세달백일의 앨범에 대한 평론은 소위 말하는 '팔리는 평론'이다.

온 국민이 지난주 내내 세달백일이란 이름을 들었다.

한시온의 부모님에서 시작된 이슈가 음방 출연과 더 마스크드 싱어, 스테이지 넘버 제로를 통해 연결되지 않았던가?

당연히 기자들은 대척점에 서 있는 평론을 흥미롭게 여겼고, 기사화를 했다.

사람들은 상반된 평론에 대한 수많은 댓글을 덕지덕지 붙였지만, 그 중 실제로 앨범을 통째로 듣는 이들은 드물었다.

-핀 포인트 존나 좋은데?

-ㅇㅇㅇ 백 사운드 기깔 난다. 약간 게임 BGM 같지 않냐
-오 맞아. 그런 느낌 있음.
-군대도 안 다녀온 새끼들이 총소리를 쓰네ㅋㅋㅋㅋㅋ
-부릴 게 군부심밖에 없냐?

대부분 타이틀곡만 듣고 말았다.
그래도 세달백일은 상황이 나은 편이었다.
사람들이 수록곡인 〈Resume〉, 〈Colorful Struggle〉, 〈State Of Mind〉도 알고 있었으니까.
그렇게 앨범이 발매된 지 24시간 만에 세달백일의 음원은 차트를 점령했다.

-세달백일도 아이돌이긴 한가 보네. 차트에 줄을 세워버리네.
-ㅇㅇㅇ 평론 보니까 통샘플링 논란이 좀 있던데.
-음악은 좋잖아
-아 근데 차트 줄세우기 존나 기형적인 구조야. 음원 사이트 개편 좀 해야 함.
-뭐냐 니네 음악은 듣고 씨부리냐? 이거 개쩌는데.
-일반인 코스프레 하지 말고 꺼져ㅋㅋㅋㅋ

훗날에는 차트가 개편되지만, 현재는 아이돌의 차트 점령이 당연시되는 시기.

하지만 의외로 아이돌 커뮤니티의 유저들은 현 상황을 정확히 인식하고 있었다.

'이거……'

'팬덤이 줄을 세운 게 아닌데?'

팬덤이 줄을 세우면 트랙 순으로 선다.

음원을 순서대로 스트리밍하기 때문이었다.

거기에 곡이 좋다고 가정하면, 일반인 화력이 붙어서 타이틀 곡이 제일 위로 올라가고.

하지만 현재 차트는.

1- Summer Cream (new)(hot)
2- Pin Point (new)(hot)
3- Holiday (new)(hot)
4- State Of Mind (hot)

순서가 뒤죽박죽이다.

평론이고, 통샘플링 논란이고 나발이고, 곡이 깡패다.

하위 트랙에 배치된 이지 리스닝 곡 2개가 1, 3위를 차지하고 있는 것만 봐도 알 수 있듯이.

그때였다.

해외 평론 하나가 큰 이슈를 만들어 내며 한국으로 번역되었다.

평론을 쓴 사람은, 한시온과 시사이드 하이츠에서 인연을 가졌던 도널드 맥거스였다.

* * *

한국 전쟁을 끝낸 맥아더가 그랬지.

Old soldiers never die, just fade away.

노병이 이루어 낸 업적과 공적은 절대 없어지지 않는다고. 그러니 그들은 죽지 않고 사라질 뿐이라고.

근데 그거 알아?

늙은 뮤지션들은 죽기도 하고, 사라지기도 해.

우리를 사망에 이르게 하는 질병은 보통 트렌드라는 단어로 찾아오지.

근데 이건 어때?

내가 평생을 일군 블루스에 젊은 감성이 더해졌다고 말하면 너무 NME나 롤링 스톤의 꼰대 같으려나?

그럼 자이온이 얀코스 그린우드와 공동 작곡한 트랙을 들어.

난 항상 얀코스가 본인의 장르를 팝 재즈라고 우길 때마다 재즈 팝이라고 놀렸거든?

근데 〈Holiday〉는 팝 재즈야.

얀코스가 원했던 그 사운드가 바로 이거라고.

아마 얀코스도 이제 잘할 수 있을 거야.

보고 배우면 되니까.

아, 근데 메리 존스의 테크노는 너무 유치했어. 자이온이 이 정도로 편곡해 준 걸 감사하게 여기라고.

솔직히 〈The First Day〉에서 내가 제일 좋아하는 트랙은……

* * *

-아니 미친 그러면 한시온이랑 도널드 맥거스가 공동 작곡을 했다고?

-샘플링이 아니란 소리잖아.

-이거 찐 도널드 맥거스가 쓴 거 맞음?

-ㅇㅇㅇ 맞음. 도널드 맥거스 SNS임ㅋㅋㅋㅋ

-와 미친. 뭐지? 크리스 에드워드가 도와줬나?

-그게 도와준다고 되나?

-그럼 다른 참여 뮤지션들도 다 공동 작곡인 거야??? 루시드 빈?! 얀코스 그린우드?!! 에릭 스캇!!!

-어쩌면 우리는 한시온의 시대에 살고 있는 게 아닐까?

-ㄴㄴㄴ 아직 모름. 도널드 맥거스는 확실한데, 다른

뮤지션들은 샘플링일 수도 있음.
 -왜?
 -도널드 맥거스랑 한시온은 인연이 있잖아. 뉴저지에서 만났던.
 -그게 뭔 말임?
 -이거 모르는 뉴비들도 많더라. (영상) (영상)
 -엥? 이거 한시온임?
 -ㅇㅇㅇㅇ 컬러 쇼 촬영하러 갔다가 시사이드 하이츠에서 도널드 맥거스랑 한시온이랑 친해졌었음. 이 영상이 미국 커뮤니티에서 핫해져서 빌보드 진입한 거임.
 -헐;
 -와 나도 이거 몰랐네?
 -이거 덕분에 음방도 뚫고 그랬던 거임ㅋㅋㅋㅋㅋ
 -ㅅㅂ 한시온 오피셜 언제 쯤.
 -"어 그래 형이야. 형이 다 같이 작곡한 거야."
 -ㅋㅋㅋㅋㅋㅋ생각만 해도 대리만족ㅋㅋㅋㅋㅋㅋ
 -세달백일 공계에 뭐 안올라왔냐?
 -오늘 엠쇼 음방 뛰어서 바쁠 듯ㅋㅋㅋㅋ

* * *

"미친."

도널드 맥거스의 평론을 보고선 어이가 없어서 웃었다.

아니, 이건 평론이 아니다.

한국에는 '도널드 맥거스'라는 블루스의 거장이 세달백일의 앨범에 대한 평론을 썼다고 번역되었지만, 글의 형식이 평론이 아니다.

차라리 본인의 SNS에 농담을 섞어서 작성한 리뷰에 가깝다.

리뷰란 단어가 좀 그러면 추천사란 단어가 어울릴 것 같기도 하고.

아무튼 생각해 보면 도널드 맥거스는 처음부터 이럴 생각이었던 것 같다.

"자네는 영화 속 주인공처럼 사는군. 그런 악덕 자본가와 음악으로 싸우고 있나?"

"내가 좀 도와줄 수 있을 것 같은데?"

"나 같은 노인들의 힘이 뭔지 아나?"

"있어 보인다는 거지. 노인들이 말을 하면 괜히 있어 보인다니까?"

뉴저지 호텔에서 이야기를 나눌 때는 별생각이 없었는데, 이제야 알겠다.

서구권의 리스너들이 이 리뷰를 재미있게 받아들인 건, 맥거스가 다른 아티스트들의 이름을 구체적인 정황으로 언급했다는 것이다.

특히 메리 존스에 관한 이슈가 컸다.

한국에서는 도널드 맥거스가 세달백일의 앨범을 리뷰하며 메리 존스를 디스했다고 알려졌다.

하지만 이건 그쪽 시장의 감성을 몰라서 하는 말이다.

블루스의 거장인 도널드 맥거스와 테크노의 거장인 메리 존스는 장르적으로는 꽤 먼 곳에 서 있다.

하지만 두 사람은 사이가 상당히 좋은 편이다.

모 시상식 이후에 함께 휴가를 보낸 사진을 공개하기도 했었다.

그래서인지 두 사람은 함께 노미네이트된 여러 시상식에서 농담 섞인 헤이트 스피치를 주고받은 적이 많다.

"멜로디를 못 만드는 사람들 중 가장 잘 만드는 메리 존스에게 축하의 인사를 건넵니다."

테크노랑 장르의 특성을 가지고 도널드 맥거스가 이렇게 장난을 쳤고.

"블루스? 그거 4분의 4박자만 할 수 있는 도태된 재즈 뮤지션들 아니야?"

블루스의 특징을 가지고 메리 존스가 응수를 했다.
블루스 뮤지션들은 블루스가 재즈의 하위 장르라고 불리는 걸 별로 안 좋아했으니까.
이에 대한 반응은 맥거스가 한 방 먹었다는 표정을 지으며 끝났었다.
하지만 이 같은 역사를 잘 모르는(혹은 알려는 노력도 기울이지 않은) 기자들은 디스라고 기사를 쓰고 있었다.
내가 기억하는 메리 존스라면 저 리뷰를 확인하자마자 글을 쓰기 시작했을 거다.
아니나 다를까 그의 SNS에는.

-

SO, WHO'S THE TITLE?

-

이런 글이 두 시간 전에 올라왔다.
이 말의 의미는 '그래서 누가 타이틀 곡이 됐지?'다.
내가 이번 앨범의 타이틀 곡으로 결정한 핀 포인트는 메리 존스가 공동 작곡한 것이니까.
이뿐만이 아니다.

크리스 에드워드나 얀코스 그린우드를 비롯해 우리의 앨범에 참여한 이들이 조만간 자신들도 리뷰를 올리겠다는 글을 썼다.

솔직히 말하자면, 이건 나도 처음 겪는 일이다.

그동안 난 이들을 음악으로 유혹해서 수도 없는 공동 작곡을 해 왔다.

몇몇 거장들이 사석이나 공석에서 내 앨범을 칭찬한 적은 많다.

하지만 이렇게 대놓고 어그로를 끄는 건 본 적이 없다.

무슨 차이일까를 생각해 보니…….

"아."

내가 한국에 있기 때문이다.

미국에서 활동할 때 이들의 공동 작곡을 얻어 내면, 이런 저런 정치 관계가 끼어들기 마련이다.

예를 들면 내가 진저브레드맨 레코드 소속일 때는, 인터스코프 레코드 소속인 루츠 로비가 날 공개적으로 칭찬하긴 힘들다.

진저브레드맨 레코드는 워너뮤직 그룹의 계열사고, 인터스코프 레코드는 유니버설 뮤직 그룹의 계열사다.

두 뮤직 그룹이 치열한 경쟁 관계에 있다 보니, 아티스트도 눈치를 본단 말이다.

물론 루츠 로비쯤 되는 아티스트가 벌벌 떨며 눈치를

보진 않겠지만, '굳이 문제를 일으킬 언행'을 하진 않는 게 미덕이니까.

소속사의 문제뿐만 아니라, 시상식 위원회의 문제도 있다.

난 미국에 진출하자마자 늘 굉장한 데뷔 앨범을 발매하지만, 시상식에서 상을 타는 일은 드물다.

보통 노미네이트로 끝난다.

왜냐하면, 낯선 동양인이니까.

한데 거장들이 날 칭찬하면 시상식에서는 심기가 불편할 수도 있다.

이런 상황이기 때문에 내가 미국에 있을 때는 이런 현상이 벌어질 수가 없었다.

하지만 지금 난 한국에 있고, 미국 시장과 아무런 관계가 없고, 서구권 회사와 배급 계약조차 되어 있지 않다.

아니지.

생각해 보면 한국에서조차 소속사가 없는, 완벽한 자본 독립 체제다.

그렇다 보니 이들도 마음대로 말하는 데 거부감이 없는 거다.

그 시작을 여전히 10대 소년의 감성을 지니고 있는 도널드 맥거스가 끊었고.

흠, 근데 솔직히 좀 아쉽다.

원래는 욕을 좀 더 많이 먹을 생각이었다.

통샘플링 논란이 더 커지고 커져서 최대호가 못 참고 달려들 때쯤.

딱 그때 진실을 밝혀서 반전을 만들어 내려고 했었는데.

"가만 보면 시온이는 변태야."

"내가?"

"왜 욕먹는 걸 좋아하는 거야?"

"욕먹는 걸 좋아한다기보다는 그 이후의 상황이 짜릿하다는 거지."

"보통은 욕을 안 먹을 수 있으면 안 먹으려고 해."

그런가?

하지만 난 욕을 안 먹는 상황에 놓여 본 적이 없다.

서구권에서 동양인이 미디어의 스타가 되면 뭔 짓을 해도 욕을 먹기 마련이다.

그러니 욕을 먹더라도 맛있게 먹는 게 중요하지.

아무튼 리더라면 변화한 상황에도 유동적으로 대처할 수 있어야 한다.

거장들의 리뷰 러시가 쏟아지니 플랜을 좀 바꿔 봐야겠다.

-똑똑.

그런 생각을 하고 있을 때, 노크 소리와 함께 누군가

대기실의 문을 열고 들어왔다.

"어, 안녕하세요!"

"안녕하세요!"

멤버들도 낯익은 얼굴에 자리에서 벌떡 일어난다.

강석우 피디였다.

그랬다.

우리는 지금 엠쇼의 음악방송인 〈M-믹스다운〉 출연 대기실에 있었다.

"잘 지냈죠? 이런 자리에서 만나니 더 반갑네요."

"잘 지내셨죠? 피디님?"

"그럼요. 이이온 씨는 더 잘생겨졌네요? 커밍업 넥스트 할 때도 이이온 씨 촬영본 보면서 감탄 많이 했었는데."

"잘 찍어 주셔서 항상 감사했습니다."

세달백일 멤버들은 나와 강석우가 어떤 관계였으며, 어떤 거래를 해 왔는지 알고 있다.

온새미로의 마스크드 싱어에 섭외에 도움을 줬다는 것까지.

그러니 다들 꽤 살갑게 강석우 피디를 대했다.

게다가 강석우 피디가 우리의 첫 예능을 연출할 예정이었다.

"근데 무슨 일로 오셨어요?"

"딱히 볼일이 있는 건 아니고, 예능 포맷을 고민하다가 사실 관계에 대해서 좀 궁금해서요."

"사실 관계요?"

"정말 그 거장들이랑 공동 작곡을 한 거예요?"

"네. 크리스 에드워드가 도와줘서 함께 하게 됐죠."

"그게 누군가의 도움으로 성사시킬 수 있는 일이라고?"

"잘하면 됩니다."

내 말을 들은 강석우 피디가 날 빤히 바라보다가 웃었다.

"많이 변했네요. 한시온 씨도."

내가?

처음엔 의아했지만, 생각해 보면 그렇다.

그래. 난 많이 변했을 거다.

첫 번째 앨범이 발매됐는데 악몽을 꾸지 않으니까.

솔직히 말하자면 우리의 앨범 판매량은 좀 아쉽다.

회귀를 하자마자 병실에서 작년인 2016년의 케이팝 아이돌의 음반 판매량을 검색해 봤다.

가장 많이 팔린 음반이 100만 장도 안 된다.

아마 75만 장을 살짝 넘겼던 것 같다.

그룹마다 차이는 있지만 보통 총판매량의 20%~50% 정도가 발매 첫 주에 팔린다.

흔히 초동 판매량이라고 불리는 그거다.
우리의 초동은…….

세달백일
정규 1집 〈The First Day〉
219,3**

약 22만 장이다.
예약 판매가 꽤 많은 부분을 차지하고 있다고 생각하면 된다.
사람들이 엄청나게 놀라고 있다.
초동 판매량은 아이돌 그룹이 가지고 있는 팬덤의 화력을 대변하는 것이니까.
우리가 인지도가 높은 건 알았지만, 인기가 이렇게까지 높은 줄 몰랐던 것이었다.
아, 근데 2만 장은 빼야 한다.
2만 장은 크리스 에드워드가 구매한 거다.
우리의 앨범을 2만장이나 갖고 싶었던 건 아니고, 참여한 거장들의 심부름을 받기도 했고, 알렉스가 뭔가를 꾸미는 모양이었다.
에디의 매니저이자, HR 코퍼레이션의 에이스인 알렉스는 날 계속 탐냈으니까.

자기들끼리 시뮬레이션을 좀 돌린 다음에 우리에게 배급 계약을 제안하지 않을까 싶다.

원래 나에게 22만 장은 형편없는 기록이다.

미국에서 활동한다면 데뷔 앨범의 첫 주차 판매량이 20만 장이면 회귀를 고민했을 것이니까.

하지만 이상하게도 기분이 괜찮다.

난 절대로 이 앨범이 20만 장에서 끝날 것 같지 않다.

핑크 플로이드의 〈The Dark Side of The Moon〉은 무려 949주 동안 빌보드 앨범 200에 머물러 기네스 기록을 세웠다.

난 우리의 앨범이 한국의 〈The Dark Side of The Moon〉이 될 거라고 믿는다.

그만큼 잘 빠진 앨범이다.

올해 안에 최소한 100만 장은 팔 수 있을 것이다.

그때 강석우가 질문을 이어갔다.

"근데 왜 오피셜로 안 밝혀요?"

"돌아가는 모양새를 보니까, 앨범에 참여해 준 분들이 언급할 것 같아서요. 제가 말하는 것보다는 모양새가 더 예쁘죠."

"흐음."

강석우는 뭔가를 골똘히 생각하는 듯하다가 고개를 끄덕였다.

그때 음방의 스태프가 우리에게 다가와 대기 신호를 보냈다.

멤버들과 다함께 자리에서 일어나다가 생각나는 게 있어서 입을 열었다.

"강석우 피디님."

"네?"

"오늘 저희 출연료로 온새미로 가불금 갚아 주세요."

"가불이요?"

강석우 피디가 고개를 갸웃하다가 뒤늦게 박수를 쳤다.

그리곤 웃는다.

"아, 그랬죠. 가불."

온새미로가 두 눈을 크게 뜬다.

"강석우 피디가 너한테 그 돈을 달라고 하는 일은 없을걸?"

"가불 뜻 몰라? 미리 당겨서 받는 돈이야. 그럼 그걸 어디서 당긴 거겠어?"

"미래의 온새미로한테 당긴 거라고. 커밍업 넥스트가 끝나도 네가 엠쇼에 계속 출연할 사람이라고 생각하고."

결국 내가 온새미로에게 했던 말은 실현됐으니까.

"재무팀에 말해 놓을게요. 이런 건 철저해야죠."

"감사합니다."

온새미로가 우물쭈물거리기에 등짝을 한 대 쳐 주고는 대기실을 빠져나갔다.

잠시 뒤, 우리의 두 번째 음방이 시작되었다.

* * *

오늘 엠쇼의 음악 방송을 지켜보는 세달백일의 팬들은 두근거리는 가슴을 진정시킬 수가 없었다.

세달백일의 무대에 대한 기대감 때문은 아니다.

그건 당연히 깔려 있는 거다.

그들이 진짜로 기대하는 건 첫 음악 방송 1위였다.

대중들은 차트 1위와 음악 방송 1위를 가볍게 생각하는 경향이 있다.

인기 좀 있는 가수가 신곡을 내면 방송국에서 적당히 나눠 주는 줄 아니까.

하지만 실제는 전혀 그렇지 않다.

달마다 다르겠지만, 매달 쏟아지는 아이돌 그룹만 8팀 가까이 된다.

이 중 절반 이상은 대중들에게 이름조차 알리지 못하고 사라진다.

딱 한 번의 음악 방송을 끝으로 자취를 감추거나, 혹은 그조차 못하는 경우도 있다.

달에 1~2팀만이 대중들의 눈에 들어오고, '신인 아이돌'이라는 호칭을 달게 된다.

나머지는 신인 아이돌조차 되지 못하는 무명 그룹이 되고.

이런 신인 아이돌 중에 음악 방송 1위까지 가는 팀이 얼마나 되겠는가?

일 년에 24팀이 '꾸준한 활동'을 할 수 있는 신인돌이라고 치면, 개중 1위를 노려 볼 수 있는 건 3~4팀이다.

그러니 세달백일이 음악 방송 1위를 한다면 그야말로 역사를 쓰는 것이다.

데뷔 무대에서 1위를 기록한 가수가 있나?

있긴 하지만 많진 않다.

그리고 이들은 모두 어마어마한 홍보비를 태우는 대형 엔터테인먼트 소속이다.

그렇다면 소속사가 없는 인디펜던트가 음악 방송에서 1위를 기록한 적이 있나?

있기야 하겠지만, 모두 스타덤에 오른 이들이 독립을 한 경우다.

데뷔 시점부터 인디펜던트로 1위에 오른 이들은 없었다.

그렇기 때문에 세달백일 팬들이 두근거리고 있는 것이

었다.

오늘, 케이팝 역사상 최초의 기록이 세워질 수도 있으니까.

'요즘 엠쇼 스탠스를 보면……'

'가능할 것도 같은데?'

팬들이 추측해 본 바로는 세달백일이 1위를 할 확률이 제법 있다.

방송 점수가 많이 부족하긴 하지만, 엠쇼는 방송 점수보다 선호도 점수를 더 많이 쳐주는 방송국이다.

선호도 점수는 종종 팬들을 열받게 한다.

정확한 집계 방식은 알려 주지 않은 채, 입맛대로 써먹는 것 같으니까.

하지만 알음알음 알려진 정보에 의하면 선호도 점수는 '일반 대중의 선호도'에 점수를 주는 형태다.

이 말은 곧, 세달백일이 몹시 유리하다는 것이었다.

아이돌 뮤직은 케이팝을 선도하는 거대한 흐름이 됐지만, 여전히 편견 속에 갇혀 있긴 하다.

아이돌 음악이라면 듣지도 않고 별로일 거라고 생각하는 이들이 많으니까.

이런 흐름은 팬데믹 시기를 지나 사라지게 되지만, 지금은 아직 2017년.

하지만 이런 편견에서 비켜 간 그룹이 세달백일이었다.

세달백일은 뭔가 다르다!

이게 대중들의 반응이었으니까.

그렇게 팬들이 SNS에 문자 투표를 장려하고, 친구들에게 조심스럽게 메시지를 보내고 있을 때였다.

[데뷔 무대에서 1위 후보에 오른 세달백일을 만나 보겠습니다!]

중간 인터뷰에 세달백일이 등장했다.

인터뷰는 평이했다.

오늘 세달백일은 '핫 데뷔' 무대를 갖는데, 배정된 무대가 무려 3개다.

케이팝 스트러글, 스테이트 오브 마인드, 핀 포인트.

공중파의 음방들은 2개의 무대만 내어 주기에 케이팝 스트러글은 엠믹스다운의 무대가 마지막이었다.

이 말은 곧, 엠쇼가 세달백일을 푸쉬해 주는 스탠스를 잡았다는 뜻이었다.

아무리 인기가 좋다고 해도 무대를 3개나 내어 주는 경우는 정말 드물었으니까.

그렇게 질문들이 이어지는데, 엠씨가 큐 시트를 보고 씩 웃더니 질문을 던졌다.

팬들은 모르겠지만, 딱 이 질문만 사전에 약속되지 않

은 질문이었다.

[오늘 1위 후보에 올랐는데요! 1위 달성 공약 하나만 걸어 주시죠!]

시간이 별로 없다는 사인이 들어왔기에 멤버들은 자연스럽게 한시온을 쳐다보았다.
직책상 리더기도 하고, 대부분의 의사 결정을 한시온이 해 왔으니까.
게다가 이런 식으로 거는 공약은 대부분 파트 바꿔 부르기 같은 가벼운 이벤트다.
아니나 다를까, 한시온도 별 고민 없이 가볍게 대답했다.

[앵콜 무대가 주어진다면, 무반주로 하겠습니다.]
[무반주요?]
[네.]

하지만 대답은 가볍지 않았다.
현직 아이돌이기도 한 MC가 당황하는 사이, 인터뷰 시간이 끝났다.
[지, 지금까지 세달백일이었습니다! 그럼 다음 무대는…….]

MC는 직업 정신으로 간신히 진행을 이어 갔지만, 인터넷의 반응은 뜨거웠다.

-ㅋㅋㅋㅋㅋㅋㅋㅋ자체 MR 제거를 하겠다고?
-어지간히 자신 있나 본데??
-한시온이 자기 혼자 돋보이려는 거 아님?
-뭔 소리냐. 마스크드 싱어랑 스넘제 보고 와라.
-아니 근데 최재성은 스넘제 촬영하고 있는 거 맞음? 하차한 거 아냐?
-ㄴㄴ 촬영 중이라고 했음. 저번에 탈락한 참가자가 후기 올린 거 있음.
-근데 Top 10에는 안 넣어 줄 듯? 거기까지 가면 소속사들이 다 붙잖아.
-ㅇㅇㅇㅇ 당연하지.
-세달백일 1위 못하면 어떡하지? 나 무반주로 부르는 거 보고 싶은데.
-투표ㄱㄱ
-어케 하는 거냐.
-눈을 떠. 자막으로 계속 나오잖아.

일반 대중들도 흥미로워했고.

-캬. 이게 실력 영업 그런 거지?

-너무 좋아ㅎㅎㅎㅎ

-일반 커뮤니티에 벌써 퍼지고 있음ㅋㅋㅋㅋ 기사도 나왔어!

-개빨라ㅋㅋ

티티도 좋아했다.

그렇게 시간이 흘렀고, 마침내 세달백일의 무대 시간이 찾아왔다.

첫 무대는 이미 공개되었던 케이팝 스트러글과 스테이트 오브 마인드의 믹스 무대였다.

케이팝 스트러글이 먼저 시작되고, 곡의 2/3 지점에 왔을 때쯤 스테이트 오브 마인드로 바뀌었다.

하지만 뻔한 믹스는 아니었다.

오히려 매쉬업(여러 개의 곡을 섞어서 새로운 곡을 만드는 방식)에 가까운 느낌이었다.

그게 아니라면, 뮤직비디오의 느낌을 무대로 옮겼다고 볼 수도 있었다.

사전 녹화라서 가능한 장치들이 펑펑 터지며, 케이팝 스트러글을 부르던 세달백일이 어딘가로 끌려가 스테이트 오브 마인드를 부른다.

-캬 너무 잘해.

-이상해. 아무리 봐도 콩깍지가 안 벗겨져.

-그 정도면 콩깍지가 아닌 거야

티티를 비롯해, 세달백일의 정규 1집 〈The First Day〉를 들은 이들이 공통적으로 하는 말이 있었다.

귀로 들을 때랑 눈으로 볼 때랑 음악이 주는 느낌이 너무 다르다고.

이런 말은 종종 나쁜 의미로 쓰일 수도 있다.

하지만 세달백일에게는 아주 좋은 의미로 쓰였다.

앨범을 귀로 들을 때는 정적이다.

여러 번 반복해서 들어도 전혀 피곤하지 않고, 좋은 음악이 주는 안정감과 만족감이 충만하다.

한데 퍼포먼스가 더해지면 노래가 동적이고 극적으로 변하는 것 같다.

사람들은 이러한 이유를 세달백일이 음악을 완벽히 분석해서 퍼포먼스를 짰다고 결론 내리고 있었다.

틀린 말은 아니다.

다만 장치가 하나 더 있다면, 한시온은 앨범 트랙과 라이브 트랙에 차이를 많이 뒀다.

음악을 건들진 않았지만, 장치는 좀 건드렸다.

단순한 예로 앨범에 수록된 트랙과 라이브 트랙의 전체

적인 컴프레셔 레벨이 달랐다.
 특히 드럼은 차이를 좀 많이 냈고.
 이러다 보니까 사람들은 귀로 들었음에도 퍼포먼스를 보고 싶어 했다.
 이건 비단 티티의 이야기가 아니었다.
 음악은 좋아하지만, 아이돌 뮤직은 적당히 소비하던 일반 대중들조차 음악 방송 앞으로 모여든 것이었다.

-이제 핀 포인트지?
-ㅇㅇㅇ무대 궁금해.
-근데 이거 곡 좋지 않음?
-ㅇㅇㅇㅇ난 왜 이게 차트 1위로 못 가나 싶다.
-서머 크림이 ㄹㅇ 대중 픽인 듯. 세달백일 팬덤도 서머 크림 개 좋아하던데.
-근데 서머 크림 들으면 기분 좋아짐. 뭄바톤? 그런 거라던데ㅋㅋ
-야이 씨. 힙시온이 루츠 로비 형이랑 공동 작곡한 뭄바톤이야. 레벨이 다르다고ㅋㅋㅋㅋㅋㅋ
-루츠 로비가 누군데.
-걍 일케 생각하면 됨. 빌보드 레게 차트에서 뭘 가장 많이 기록했다? 루츠 로비임. 그래미 어워드에서 레게로 뭘 가장 많이 수상했다? 그것도 루츠 로비임.

-밥 말리가 레게의 할아버지면 루츠 로비는 아버지임.
-둘이 나이 차이 그렇게까지 안 남.
-밥 형은 죽었잖아ㅠㅠㅠㅠ
-힙시온 쉨. 서머 크림을 타이틀로 밀었어야지. 10번 트랙에 배치해서 울고 있을 듯.
-너 한시온 뉴비지. 힙시온은 웃고 있다.
-이게 맞다.
-핀 포인트 시작한다ㅋㅋㅋㅋ
-오 옷 뭐야
-ㄷㄷ 개간지

세달백일의 팬덤은 핀 포인트의 무대가 군인 룩일 거라고 굳게 믿고 있었다.
음악이 주는 느낌이 장엄하면서도 긴장감 있다.
전쟁 영화의 한 장면이 저절로 떠오르는 노래이며, 듣고 있으면 심장이 뛰는 사운드니까.
하지만 세달백일의 의상은 군인이 아니었다.

-홍콩 느와르네ㄷㄷ
-성냥 안 무냐?
-아재요....

홍콩 느와르 특유의 트렌치코트와 선글라스를 현대적 느낌으로 재해석했다.

자칫 잘못하면 올드해 보일 수도 있지만, 그보다는 힙해 보였다.

특히 백금발에 주황색 알의 선글라스를 낀 이이온은 눈이 부실 정도였다.

그렇게 시작된 무대는 세달백일이 평소 보여 주던 무대보다 훨씬 타이트한 안무가 많았다.

한국에서는 테크노라고 하면 한물간 장르처럼 취급하지만, 엄밀히 따지면 테크노는 전자 음악을 통칭하는 말이다.

하지만 요즘은 좁게 따져서, 디트로이트 하우스에서 시작해 고학력자들의 손에 의해 발전된 장르로 통칭되었다.

현재는 EDM이 전자 음악 시장을 집어삼켰지만, 그렇다고 테크노의 명맥이 끊긴 건 아니었다.

그리고 그걸 대표하는 게 메리 존스였고.

사람들은 테크노의 정수에 대해서 이러니저러니 떠들지만, 한시온의 생각은 좀 달랐다.

한시온이 생각하는 테크노의 장점은 '여백'이다.

그래서 메리 존스가 만든 사운드 뒤에 교향악단 느낌의 클래식 멜로디를 덧붙였고, 여백을 극대화했다.

그리고 보컬 구간과 차별점을 두어서, 테크노 사운드가 쏟아지는 여백을 안무로 꽉 채웠다.

그 결과?

-아니 앨범 들을 때는 경쾌했는데 무대는 겁나 신나네ㅋㅋㅋㅋㅋ
-야 가만 들어 보니까 드럼킷이 좀 다른 거 같은데???
-경박한 춤사위를 상상했었는데 ㅈㄴ 멋있다ㅋㅋㅋㅋㅋㅋ

대중도 만족했고.

-이게 나라다...!
-이온이 얼굴 잡힐 때마다 숨멎.
-어떻게 코트 각도까지 딱 맞는 거지?
-미천한 상상력으로 생각했던 거랑 완전 달라ㅎㅎ 근데 너무 좋아ㅎㅎㅎㅎㅎ
-ㅋㅋㅋㅋ시온이만 또 혼자 검은색 선글라스야ㅋㅋㅋㅋ
-확신의 유교보이ㅋㅋㅋㅋ

팬덤도 만족했다.
비하인드긴 하지만, 메리 존스는 처음에 한시온이 자신

의 음악 뒤에 교향악단을 가져다 붙인 걸 싫어했었다.

자신이 추구하는 테크노의 정수와는 너무 다르다고.

하지만 며칠 뒤에 메시지가 왔었다.

-나한테 무슨 짓을 한 거야? Pin Point의 인터루드가 계속 떠올라. 교향악단 사운드에서 신디사이저로 쏟아져 내리는 구간에 마약이라도 넣은 거야?

그렇게 무대가 끝나자, 세달백일에게 조금이라도 접점이 있는 커뮤니티에 글들이 쏟아졌다.

거기에는 당연히 1위 공약에 대한 이야기도 포함되어 있었고.

그리고……

[세달백일! 축하합니다!]
[축하합니다!]

세달백일의 〈Pin Point〉가 음악 방송 1위를 차지했다.

* * *

[M-MIXDOWN ǁ 세달백일 - Colorful Struggle(Kpop

Remix) & State Of Mind]

　[M-MIXDOWN ‖ 세달백일 - Pin Point]

　[M-MIXDOWN ‖ 세달백일 - 무반주 앵콜]

　-쌩쇼 세달백일로 노선 틀었나 본데? 업로드 속도 봐라.

　-무슨 앵콜 무대를 따로 직캠까지 빼서 올려 주냐ㅋㅋㅋ

　-무대를 뒤집어 놓으셨잖아.

　-ㅋㅋㅋㅋㅋㅋㅋ

　-와 무반주로 케이팝 스트러글 - 스테이트 오브 마인드 - 핀 포인트 연결하는 거 봐라.

　-미리 준비한 거 같기도 하고?

　-핀 포인트 노래 부르다가 춤추는 거 개멋있지 않나?

　-ㅇㅇ 무반주인데 비트가 들리는 것 같음

　-이이온 대존잘

　-홍콩 느와르는 구태환이 젤 잘 소화하는 거 같은데? 저 양아치상 봐.

　-ㅇㅈ 총 쏘고 기름 붓고 피고 있던 담배 던져서 불 붙일 거 같음

　-영상 무한 반복 중이다. 이게 덕통사고 뭐 그런 거냐?

　-세달백일 팬클럽 2기 모집하더라. 가입해라.

음악 방송 1위에 실존적 의미는 전무하다.

1위를 한다고 돈을 주나?

아니다.

방송 출연료는 모든 출연진에게 동일하고, 출연료라고 해 봐야 메이크업 비용의 1/5도 안 되는 수준이다.

그러니 음방 출연은 자본주의 논리로는 손해였다.

그렇다면 1위를 하면 음원 차트 순위가 올라가나?

이것도 아니다.

1위는 이미 음원 차트 순위가 높은 이들이 받는 거니까, 아무 의미가 없다.

하지만 그럼에도 불구하고 소속사와 가수들은 1위에 목을 맨다.

이유는 간단했다.

업계의 인식이 달라지기 때문이었다.

인기와 주류는 다른 단어다.

한국 영화 시장에서 다큐멘터리 영화가 1위를 차지할 수는 있다.

하지만 그렇다고 그 누구도 다큐멘터리를 주류 장르라고 생각하진 않는다.

그 영화가 특별히 인기가 좋았다고 생각할 뿐이지.

사람들은 무의식적으로 지금까지의 세달백일을 그렇게 봤었다.

한시온의 말도 안 되는 작곡 능력, 하늘이 돕는 듯 쏟아지는 행운, 그걸 붙잡은 세달백일의 실력.

덕분에 생긴 일시적인 인기라고 생각한 것이었다.

물론 논리적으로 생각해 보면 일시적인 인기일 수가 없지만, 사람의 인식이란 늘 논리로 결정되는 게 아니니까.

하지만 음악 방송 1위에 오른 순간 이야기가 달라진다.

메인스트림이 된다.

주류의 가장 앞에서 달리는 이가 된다.

기획사들은 세달백일의 성공 요인을 분석할 것이고, 새로 론칭할 그룹에 적용하려고 노력할 것이다.

연습생들은 세달백일의 누군가를 롤 모델로 삼아 가요계에 뛰어들 것이다.

그러니…….

'사람들의 주류 인식에 들어왔군.'

쏟아지는 인터뷰와 방송 섭외를 보며 한시온은 확신했다.

케이팝 시장에 뛰어들고 딱 9개월 만에 이루어 낸 성과였다.

* * *

한국에서 세달백일이 첫 음악 방송 1위를 이루어 내는

사이, 미국에서는 재미있는 일이 벌어지고 있었다.

시작은 도널드 맥거스였다.

도널드 맥거스는 자신의 SNS를 통해 자신이 참여한 앨범에 대한 칭찬을 업로드했다.

여기까지는 별다른 일이 아니었다.

블루스의 거장인 도널드 맥거스는 원래도 뛰어난 후배 뮤지션을 발견하면 끌어 주는 이였으니까.

블루스의 팬이라면 도널드 맥거스가 추천하는 음악을 한 번쯤 들어 볼 생각도 있었다.

취향 차이야 있겠지만, 설마 도널드 맥거스가 급도 안 되는 아티스트를 추천하진 않을 테니.

하지만 사람들은 도널드 맥거스의 추천 앨범을 듣고는 실망했다.

-뭐야. 케이팝 앨범이야.
-한국?
-맞아. 게다가 영어와의 혼용이 있긴 하지만, 한국어로 만들어진 앨범이군.
-맥거스도 돈이 떨어졌나?
-요즘 케이팝 너드들이 증식하던데.

아니, 정확히 말하자면 듣지도 않았다.

Album 14. 증식 〈179〉

미국인들은 은근히 타국 문화를 배척하는 경향이 있다.

그들은 아니라고 우기겠지만, 미국이 받아들여 주는 문화는 서구권에 한정되어 있다.

그러니 〈Republic Of Korea〉라는 발행 국적만으로 리스닝을 포기하는 이들이 많았다.

혹은 1번 트랙의 앞부분을 듣다가 이해할 수 없는 언어가 나오자 꺼 버렸고.

세달백일이 컬러 쇼에서 좋은 성과를 거둘 수 있었던 건, 그들이 완벽한 빌보드 영어를 구사했기 때문이었다.

물론 앨범을 들은 이들은 호평일색이었다.

-언어의 장벽 때문에 포기하지 마. 우연히 앨범을 들었는데 미친 앨범이야.
-이런 걸 한국의 아티스트들이 했다고?
-굉장한걸? 솔직히 2~3 트랙들은 내 취향이 아니었어. 하지만 그걸 제외하면 전부 미친 곡들로 가득 차 있어.
-공동 작곡에 너무 익숙한 이름들이 보이던데?

그러나 그 수는 얼마 되지 않았다.
이 같은 일은 또다시 벌어졌다.

이번엔 도널드 맥거스에게 놀림을 받았던 메리 존스였다.

메리 존스는 음악적인 성과로는 도널드 맥거스보다 못하지만, 대중적으로 더 큰 영향력을 가지고 있는 이다.

[자이온은 굉장한 재능을 가진 뮤지션이야. 내 곡을 타이틀로 선정한 것만 봐도 알 수 있지. 어쩌면 이건 테크노의 Next Level일지도 모르겠어.]

[아, 물론 도널드 맥거스 같은 박물관 속 아티스트와 협업한 건 좀 아쉽지만 말이야.]

메리 존스와 도널드 맥거스의 장난 섞인 헤이트 피치가 약간의 화제가 되긴 했지만, 이번에도 앨범에 대한 반응은 비슷했다.

메리 존스가 추천했네?

응? 한국 앨범이네? 게다가 한국어로 만들어진 트랙?

안 들어.

그 와중에도 메리 존스를 좋아하는 소수의 팬들은 앨범을 들었고, 대호평을 남겼다.

특히 이들은 〈Pin Point〉를 어마어마하게 좋아했다.

메리 존스와 테크노의 추종자들은 'Next Level'이라는 단어에 적극 동의했다.

―Crazzzzzy! 이 아티스트들이 만들어 낸 다른 테크노 앨범은 어딨어?
―없어.
―왜!
―이 친구들은 테크노 뮤지션이 아니니까.
―그럼 뭘 하는데?
―시사이드 하이츠에서 도널드 맥거스와 나눈 즉흥 연주야. (영상)
―이건 컬러 쇼. (영상)
―어 잠깐, 저 영상이 레딧에서 어마어마한 화제를 불러일으키는 걸 봤어. 그게 이 뮤지션들이라고?
―나는 컬러 쇼를 봤었는데? 세다르가 얘네였어?

하지만 이번에도 소수의 의견일 뿐이었다.
다음으로 끼어든 것은 얀코스 볼레로 그린우드였다.
팝 재즈의 거장은 다른 아티스트들보다 점잖게 세달백일의 앨범에 대한 이야기를 꺼냈지만, 모스코스를 놀렸다.
얀코스와 모스코스는 원래도 막역한 사이였으니까.
얀코스가 장난을 친 건 한국 음원 차트의 순위였다.
⟨The First Day⟩의 모든 트랙 중 가장 순위가 낮은 게 모스코스와 공동 작곡한 ⟨On & On⟩이었으니까.

하지만 하우스의 거장은 쿨했다.

[원래 하우스란 그런 법이지. 뜨겁게 타오르진 않지만, 계속 그 자리에 있어. 그래서 HOUSE일지도.]

상황이 묘하게 돌아가기 시작했다.
얀코스의 팬들 중 소수가 앨범을 들었고, 모스코스의 팬들 중 소수가 앨범을 들었다.
하지만 소수라고는 해도 벌써 네 명의 뮤지션이 추천을 했다.
그들의 팬들이 쌓이다 보니……

-빌보드 베스트 트랙을 모아 놓은 것 같은 앨범이야.
-언어는 낯설지만, 장르적으로 듣는 재미가 충분해.
-이렇게 다양한 장르가 한 앨범에 들어가도 되는 건가?
-안 될 건 또 뭐야?
-아니 근데 이 친구들은 케이팝에서 가장 잘나가는 이들인가? 트랙도 트랙인데, 보컬도 장난이 아닌데?

인식이 달라지는 것이었다.

-대체 자이온은 누구길래, 이들과 협업을 한 거지?
-북한 대통령의 아들이 아닐까?
-남한이야 멍청아
-크리스 에드워드가 언급을 했어. 원래 자이온은 크리스 에드워드와 친분이 있었는데, HBO 다큐멘터리를 찍다가 만난 거장들에게 자이온의 음악을 들려줬다더군.
-그게 끝이야?
-끝이라는데?
-그딴 걸로 협업을 할 거면 세상 누구라도 할 수 있지.
-물론 끝이 아니야. 존나게 좋은 음악을 들려줬다는군.
-그래? 그거면 말이 되는군.

이때쯤 세달백일의 행적에 대해 정확히 알고 있는 이들이 글을 올렸다.
시사이드 하이츠와 컬러 쇼뿐만 아니라, 커밍업 넥스트까지도 이야기가 나왔다.
사실 시사이드 하이츠로 인한 이슈 메이킹은 이미 한 번 지나갔던 일이었다.
지나간 이슈는 다시 불러오기가 힘들다.
하지만 다시 소환된다면 그건 더 큰 이슈가 된다.

-맞아! 빌보드 R&B 차트에서 이 노래를 들었던 적이 있어.

-대체 Sedar Back Ill이 무슨 뜻인지 알려 줄 사람 없어?

-이 앨범을 갖고 싶어졌어. 12달러밖에 안 해.

-와우 난 이번에 SBI의 컬러쇼를 접했어. 굉장한 노래였어.

컬러 쇼는 원래부터 느리게, 천천히 타오르는 콘텐츠였다.

하나 어느 시점부터 세달백일 영상의 조회 수가 미친 듯이 오르기 시작했고……

-

HOT R&B SONGS.

.

.

22. Colorful Struggle - Sedar Back Ill

-

빌보드에 재진입을 했다.

순위도 더 높았다.

리믹스 버전의 성적이 함께 집계된 덕분이었다.

사실 언어의 한계 때문에 빌보드에 집계될 정도로 인기를 얻진 못했지만, The First Day의 인기는 생각보다 컸다.

빌보드 매거진이 이걸 놓칠 리가 없었다.

[8인의 거장을 등에 업은 KPOP의 약진?]

젊은 작곡가인 크리스 에드워드를 다른 거장들과 동일선상에 놓았다고 약간의 비판을 받긴 했지만, 기사 자체는 잘 팔렸다.

이들은 특히 콜라보레이션 과정에 대해서 집요하게 취재를 했다.

왜냐하면, 겉으로 알려진 것만으로는 상황을 제대로 이해할 수 없었기 때문이었다.

크리스 에드워드가 뮤지션 친구의 곡을 거장들에게 들려줄 수는 있다.

하지만 그 소스를 통해 거장들이 곡을 만들었고, 그걸 자이온이란 아티스트가 케이팝으로 편곡했다고?

그래서 공동 작곡이 됐다고?

뭔가 이상하다.

중간 고리가 빠져 있는 것 같다.

하지만 빌보드 매거진은 취재를 하면서 더 미궁에 빠졌다.

자이온이 그들의 어린 시절을 형상한 곡을 미끼 삼아 콜라보레이션을 이끌어 낸 것 같다고 말했으니까.

에디터가 이해할 수 없는 내용은 잡지에 실릴 수 없다.

결국 빌보드 매거진은 자이온에 대한 평가를 도널드 맥거스의 발언에서 빌려왔다.

[시사이드 하이츠에서 자이온을 처음 만났을 때 번개라도 맞은 것 같았어.]

[세포 하나하나가 재능으로 이루어진 놈이었지.]

[그런 음악을 듣고 가만히 있었다면 우리가 수십 년 동안 음악을 했을 리가 없잖아?]

그렇게 세달백일의 앨범이 미국에서도 팔려 나가기 시작했다.

크리스 에드워드의 매니저이자, 가장 먼저 한시온과 접점이 있었던 HR 코퍼레이션의 알렉스는 아쉬움에 한숨만 내쉬었다.

한국어 버전 말고 영어 버전을 만들어서 냈다면?

그걸 HR 코퍼레이션이 프로모션을 했다면?

미국에서 족히 100만 장은 팔 수 있지 않았을까?

하지만 이상하게 한시온은 지금 당장의 미국 진출에 큰 관심이 없었다.

그렇게 거장들의 SNS를 통해 시작되었고, 빌보드 매거진을 통해 마무리된 이슈는…….

[세달백일, 빌보드 차트 재진입!]
[세달백일 〈The First Day〉! 샘플링이 아닌 공동 작곡임을 빌보드 매거진으로 증명하다.〉

당연히 한국에서 어마어마한 바람을 불러일으키고 있었다.

* * *

염성훈은 평범한 50대였다.

능력 없는 상사에게 눌리고, 능력 있는 후배에게 치이며, 회사를 그만두는 상상을 매번 하지만…….

"에휴."

가족을 떠올리며 삼겹살과 소주로 하루를 달래는, 그런 평범한 가장이었다.

젊은 시절에는 친구들과 어울려 이것저것 도전하는 꿈 많은 청년이었지만 전부 추억이다.

거울 속의 자신은 슬슬 머리도 벗겨지고 배도 나오는 중년이었으니까.

염성훈은 난데없이 이런 생각을 하는 스스로를 낯설어하며 집으로 들어섰다.

사춘기인 딸과 대화가 적어진 게 아쉽지만, 그래도 아내와 딸은 그의 전부다.

"왔어요?"

"주희는?"

"방에서 노래 듣던데요?"

"그래?"

딸의 방에 들러 볼까 하다가 일단 씻고 나왔다.

그런데 거실에서 딸이 그를 기다리고 있었다.

"아빠."

"왜?"

"혹시 이 사람들 알아?"

"이 사람들?"

딸이 내민 건 웬 CD 케이스였다.

"앨범이네?"

"살살 만져!"

"뭘 살살이야. 근데 누구를 아냐고?"

"여기 적힌 사람들."

딸이 조심스레 열어 준 CD 케이스 안에 부클릿 비슷한 게 있었는데, 거기에 크레딧이 적혀 있었다.

"어?"

한데 크레딧에 적혀 있는 이름이 좀 이상하다.

에릭 스캇, 얀코스 그린우드, 모스코스······.

그의 젊은 시절을 수놓았던 영웅들의 이름이 빼곡하게 적혀 있는 게 아닌가?

물론 모르는 이름도 있었지만, 대부분 너무나 유명한 뮤지션들이다.

처음에는 그냥 존경하는 뮤지션들을 적어 놓은 줄 알았는데, 생각해 보면 그럴 수가 없다.

크레딧이 아닌가?

'그건가? 멜로디 가져다 쓰는 거?'

샘플링이라는 단어는 모르지만 개념은 알고 있던 염성훈은 그런 생각을 했지만, 딸이 옆에서 말을 보탰다.

"공동 작곡을 한 뮤지션들이 엄청 유명한 옛날 사람들이라는데, 아빠가 아는지 궁금해서."

"이게 공동 작곡이라고?"

"응."

"어떻게?"

"응?"

한 명이라면 그럴 수도 있다.

염성훈이 알기로 요즘 아이돌들은 정말 많은 돈을 투자

한다.

그러니 회사에서 막대한 돈을 지불하고 거장을 한 명쯤 섭외할 수도 있을 거다.

하지만 한 명이 아니라, 여덟 명이다.

게다가 염성훈이 정확히 알고 있는 넷은, 자신이 20대일 때 미국 대중음악을 흔들어 놓았던 전설적인 뮤지션들이었다.

나머지 넷 중에 둘도 이름은 익히 알고 있고.

"세달백일 이게 누구야?"

"아빠도 알잖아. 가로등 아래서."

"아, 걔네?"

"응."

"얘네 뭐, 정치인 아들이야? 아니지. 정치인으로 안 되지. 그럼 재벌 2세?"

빈약한 상상력으로 떠올릴 수 있는 게 이것뿐이었지만, 상상할 필요는 없었다.

아빠가 눈이 동그래져서 놀라는 걸 본 딸이 신나서 설명을 하기 시작했으니까.

염성훈은 이야기를 들으며 다시 한번 놀랐다.

세상 모든 이들에게는 청춘이었던 시절이 있다.

지금은 눈빛이 희미해진 중년이지만, 그에게도 빛나던 시절이 있었다.

염성훈은 군대를 가기 전까지 밴드를 했었다.

직업은 아니었고, 취미였다.

당시에는 밴드가 아니라 그룹사운드라고 불렸는데, 그때 한국 음악은 언제나 마이너였다.

일본 밴드들이 빌보드에 이름을 올리고, 도쿄의 이미지를 차용한 시티 팝을 퍼트릴 때 얼마나 부럽다고 생각했었던가?

군대에 다녀와서는 취업을 하느라 음악에서 멀어졌고, 결혼을 하고는 완전히 잊어버렸지만······.

젊은 시절을 채웠던 영웅들의 이름을 보니 궁금해졌다.

"이거 어떻게 들어? 컴퓨터로 들으면 되나?"

집에 CD 플레이어가 없기 때문에 물어본 말이었는데, 딸이 방에서 CD 플레이어를 가지고 왔다.

"뭐야 이건?"

"앨범 굿즈에 있었어."

"굿즈?"

"앨범 사면 같이 주는 거야."

"이걸? 앨범이 얼만데?"

"삼만오천 원."

앨범만이라고 하면 좀 비싼 것 같지만, CDP를 함께 준다고 생각하면 싼 것 같다.

염성훈은 알 수 없는 이야기지만, 세달백일 정규 1집의 스탠다드 버전은 13,000원이었다.

스탠다드 버전에는 부클릿, 앨범, 포카 2장, 가사집이 들어간다.

리미티드 에디션 버전은 35,000원이었는데 스탠다드 구성에 더해서 미공개 포카와 포토 앨범이 제공된다.

그리고 무려 CD 플레이어가 추가된다.

그러니 팬들은 물론이고, 팬클럽에 가입하지 않고 세달백일의 앨범을 사는 이들도 다들 리미티드 에디션을 구매했다.

미공개 포카나 포토 북에는 관심이 없지만, CD 플레이어가 탐나는 것이었다.

처음에는 어디 싸구려 중국산 기계를 제공할 거라는 의견이 지배적이었지만, 세달백일이 유투브에 공개한 앨범 깡을 보고는 그런 말이 싹 들어갔다.

딥블루 색의 깔끔한 디자인에, 제조업체도 국내에서 음향 기기로 유명한 중소기업이었으니까.

사람들은 대체 세달백일이 돈을 벌 생각이 있는지 궁금해했지만, 한시온의 입장에서는 일종의 숙원 사업이다.

그는 전 국민의 가정에 CD 플레이어를 보급해 주고 싶어서 안달이 난 사람이니까.

국가가 허락만 해 준다면 사비를 들여서 국민 복지의

일환으로 1가구 1CDP를 제공하고 싶은 사람이었다.

하지만 염성훈은 이런 사실을 알지 못했고, 딸에게 받은 CDP로 초저녁부터 세달백일의 앨범을 듣기 시작했다.

그리고는 감동했다.

그가 좋아했던 영웅들의 음악이 곳곳에서 느껴진다.

앨범과 동명의 타이틀을 가진 1번 트랙 〈The First Day〉.

곡의 도입부를 알리는 영롱한 기타 소리를 듣는 순간, 담배를 꼬나문 곱슬머리의 백인이 떠올랐다.

에릭 스캇.

3대 기타리스트니, 5대 기타리스트니 할 때 이름이 절대 빠지지 않는 남자.

솔로 기타 연주를 독보적인 경지로 끌어올렸다는 평가를 받는 기타리스트들의 우상.

이제는 60대가 됐겠지만, 염성훈의 머릿속에서 에릭 스캇은 영원히 30대였다.

하지만 염성훈은 이어지는 노래에 기타를 들었을 때만큼 놀랐다.

이번 앨범에서 물이 올랐다는 평가를 받고 있는 구태환의 도입부였다.

'뭐야?'

염성훈의 나이쯤 되면 굳이 아이돌에 대한 편견을 가지고 있지 않다.

아이돌이 공장에서 찍어 낸 상품이고, 반복된 트레이닝을 통해 틀에 박힌 채 나오는 보컬이니 하는 것도 아는 사람들이나 하는 이야기다.

염성훈은 그런 것조차 모르기 때문에 편견조차 없다.

하지만 그가 가지고 있는 편견은 한국 음악의 수준에 대한 것이었다.

레드 제플린이 〈Stairway to Heaven〉을 연주할 때, 한국은 가라오케 사운드를 벗어나지 못했었다.

에릭 스캇이 기타 솔로로 웸블리 스타디움을 마비시켰을 때, 한국의 기타와 베이스는 리듬 표현하는 것에서 벗어나지 못했었다.

물론 이건 약간의 편견이 들어간 사견이긴 했다.

한국에도 특출난 천재 뮤지션들이 있었으니까.

이런 편견은 자신의 청춘이 어마어마하게 빛났었다는 추억 보정에서 오는 것일 수도 있었다.

염성훈의 20대를 꽉 채운 것이 음악이니까.

그래서 더욱 놀라웠다.

에릭 스캇이고, 모스코스고, 얀코스 그린우드고…….

전부 장치로 쓰이고 있다.

이들이 음악의 중심이 아니다.

음악의 중심은 세달백일이라는 아이돌 그룹이었다.

염성훈은 그렇게 세달백일의 앨범을 들었고, 한 번 더 들으려다가 아내에게 혼이 나서 CDP를 내려놓았다.

내일 출근을 어떻게 할 거냐면서.

그는 꿈에서 20대였고, 무대 위에 있었다.

다음날 아침.

딸에게 CDP를 빌려서 출근하면서 지하철에서 앨범을 다시 들었다.

그렇게 도착한 회사에서 염성훈은 어쩌다 보니 어제의 이야기를 하게 되었다.

그리곤 놀랐다.

"난 에릭 스캇보다는 키스 리차드가 더 좋았는데."

"키스 리차드는 롤링 스톤스의 유명세에 좀 업혀 가지 않았나?"

"에이, 부장님. 무슨 말도 안 되는 소리를. 키스 리차드는 천재예요."

"그래도 기타는 에릭 스캇이지."

"에릭 클랩튼이 진짜 느림의 미학 아닙니까?"

"하, 옛날 생각나네. 동묘에 가면 **빽판**으로 빌보드 차트 틀어 주는 다방이 있었는데……."

자신만 그 시대의 뮤지션들을 우상으로 삼는 게 아니었다.

그와 비슷한 연배의 동료들도 전부 비슷했다.

이들은 문화생활에서 멀어진 지 한참이나 된 이들이었지만, 잊고 있었던 것뿐이었다.

"아들놈한테 한번 물어봐야겠네."

"유튜브로 직접 들으시면 되죠."

"그건 어떻게 해?"

그렇게 점심시간이 끝났다.

다음날 대부분의 사람들은 말로 끝났지만, 부장은 정말로 앨범을 들었다.

그리고는 입에 침이 마르도록 칭찬을 퍼부었다.

회사 생활이란 게 무엇인가?

윗사람이 하는 건 가급적 같이 하는 게 좋다.

그게 특별히 싫은 게 아니라면.

그리고 염성훈은 몇몇이 앨범을 구매하는 걸 목격했다.

자식들과 이야기를 나눌 거리가 있다며 좋아하는 것도 목격했고.

한시온에게 빌보드의 거장들은 특별한 이들이 아니었다.

수많은 회귀를 진행하며 수도 없이 만난 이들이고, 셀 수 없이 작업을 해 본 이들이다.

그러니 〈The First Day〉에 거장들의 공동작곡을 진행한 건, 그저 이슈 몰이 때문이었다.

지금은 이겨 냈지만, 앨범을 만들 때만 해도 세달백일은 이슈가 필요했으니까.

최대호의 압박을 뚫고 나올 만한 거대한 이슈를 만들 수 있는.

하지만 한시온에게 익숙한 거장들은, 누군가에게는 가장 빛나던 순간의 편린이었다.

다시 돌아갈 수 없는 그 시절을 생생히 목격할 수 있게 만들어 주는 것이었다.

세달백일의 세계관에 등장하는 시간 여행처럼.

그렇게 조용히 앨범이 팔려 나가기 시작했다.

뜨거운 이슈는 없었다.

40-60은 행동할 뿐, 말하지 않는 이들이었으니까.

하지만 그건 기록된다.

세달백일의 초동은 22만 장이었다.

2주차에는 빌보드 거장들의 리뷰 러쉬 때문에 판매량이 줄지 않았다.

국내에서 뒤늦게 앨범을 사는 이들이 많았고, 해외에서도 공동 구매가 터졌으니까.

2주차 판매 기록은 무려 34만 장.

2주차 판매량이 초동을 넘는 건 드문 일이었다.

그렇기 때문에 사람들은 세달백일이 3주차 때는 앨범

판매량이 드라마틱하게 꺾일 거라고 생각했다.

하지만 아니었다.

뒤늦게 이슈에 반응한 해외 구매자들과 소리 소문 없는 40-60의 구매력이 더해졌다.

3주차의 판매량은 다시 22만 장이었다.

3주차까지의 총 판매량은 78만 장.

한시온의 입장에서는 대단할 것 없는 기록이지만…….

[순수한 음악의 힘! 세달백일 정규 1집 〈The First Day〉, 100만 장의 고지 넘나?]

[자식들과 함께 듣는 앨범으로 자리매김한 세달백일 정규 1집.]

[추억 속의 영웅들의 음악에 아빠들의 지갑이 열린다.]

그사이 세달백일은 공중파 3사 음악 방송에서 모두 1위를 거머쥐었다.

상황이 이렇게 되자, 몇몇 기획사에서는 발빠르게 움직였다.

그들은 세달백일, 아니 한시온이 빌보드의 거장들을 섭외한 방법이 순수한 음악은 아닐 거라고 믿었다.

이 바닥이 그렇게 순진하게 돌아가는 곳도 아니고, 분명 어떤 이면 거래가 있을 거라며.

하지만 이건 대한민국의 기획사들이 잘못 생각한 것이었다.

그들의 생각처럼 거장들이 뼛속부터 순수한 사람들은 아니다.

하지만 그들은 너무 많은 돈을 벌었고, 너무 많은 명예를 거머쥐었기 때문에 음악의 취사선택에 있어서는 오히려 순수해질 수 있었다.

거장들의 대답은 심플했다.

[음악을 보내.]

하지만 음악을 보낸 이들은 그 어떤 답변도 받지 못했다.

유일하게 답을 해 준 건 도널드 맥거스였지만.

[내가 10살에 만들었던 것보다 구린 멜로디 전개인데?]

핀잔만 들었을 뿐이었다.

* * *

세상이 어떻게 흘러가든 뮤지션들은 중심을 잡아야한다.

가장 중요한 건 현실 감각을 갖는 것이다.

우리의 음악이 3주째 대한민국을 울리고 있지만, 취해서는 안 된다.

한 번 발매된 음악은 그 자체로 생명력을 갖는다.

거기에 대고 뭘 한다고 해서 음악이 더 좋아질 수는 없다.

더 좋은 음악을 만드는 방법은 오직 하나뿐이다.

다음 앨범을 만드는 것.

그런 생각을 하고 있는데, 강석우 피디가 입을 연다.

지금은 마침내 포맷이 결정된 엠쇼의 예능 회의였으니까.

"이번 프로그램의 테마는 힐링 겸 버스킹 여행입니다. 스페인으로 갈 것 같아요."

"네."

"하지만 이건 2부고, 1부는 국내에서 찍을 겁니다."

1부?

"여러분은 국내에서 여행에 쓸 경비를 벌어야 합니다. 경비에 따라서 초호화 힐링 여행이 될지, 초저가 궁상 여행이 될지가 달라지겠죠?"

"미션 같은 걸로 번다는 건가요?"

"아뇨. 방송국에서 내어 주는 돈 말고, 정말로 돈을 벌어야 합니다. 세달백일이라는 정체를 숨긴 채, 오직 음악으로."

강석우 피디의 설명은 간단했다.

예능 프로그램은 시즌1과 시즌2로 나누어서 방송될 것이고, 시즌1은 국내 편, 시즌2는 해외 편이었다.

시즌1에서 제작진이 보여 주고자 하는 바는 세달백일의 캐릭터와 음악이었다.

"세달백일은 유명세와 성과에 비해서 알려진 게 너무 없죠. 특히 어떤 식으로 작업하는지, 연습하는지 등등."

자컨을 통해 어느 정도 공개를 했지만, 자컨을 전 국민이 보길 바라는 건 어불성설이다.

커밍업 넥스트에서는 테이크씬보다 지나치게 잘해 보이면 안 되기에 분량상의 절제가 있었고.

그때 이이온이 손을 들며 질문을 던졌다.

사람들이 나보고 유교보이라고 하지만, 난 아메리칸 마초고 진짜 유교보이는 이이온이다.

손까지 들면서 질문을 하다니.

"사람들이 저희의 음악 작업에 대해서 관심이 있을까요?"

"보통은 없죠. 자료 화면으로 30초 남짓 나가는 게 가수들의 음악 작업이니까."

하지만 지금은 있다.

세달백일은 전대의 거장들과 이슈를 만들어 내고, 컬러

쇼 출연이나 빌보드 진입 같은 쾌거를 이루어 냈다.

"보통의 예능 프로그램보다 훨씬 더 자세한 음악 이야기를 할 수 있을 겁니다. 만약 여러분이 싱글이나 미니 앨범을 준비 중이라면 홍보를 할 수도 있고요."

하지만 음악만 하면 포인트가 너무 없으니, 돈을 버는 목표를 준 것이었다.

"기간은 얼마나 되나요?"

"국내 편 촬영에 3개월 생각하고 있습니다만, 상황에 따라 몇 주 정도 조정될 여지는 있습니다."

"정체를 숨기라는 건 정확히 어떤 식인가요?"

"말 그대로죠."

대외 활동으로 돈을 벌고 싶으면 특수 분장을 해서 얼굴을 숨겨야 하고, 온라인에서 활동을 할 때도 세달백일이란 이름을 쓰면 안 된다.

"그 돈이 세달백일의 여행 자금이 되는 겁니다. 이동 경비와 숙소비는 제외하고."

그 뒤로 강석우 피디는 정말 우리가 번 돈으로 촬영을 하는 건 아니라고 덧붙였다.

세달백일이 번 금액만큼 방송국에서 제작비가 집행될 거라고.

그러면서 세달백일이 번 돈은 기부하는 게 모양새가 좋을 것 같다며 조언을 하기도 했다.

"자, 여기까지가 제작진 측 입장이고. 출연진들 생각은 어때요?"

"음원으로 수익을 낸다고 하면, 정산이 즉시 이루어지는 게 아니지 않나요? 3개월 내내 음원을 만들었는데, 발매가 늦어지면 정산 시점이 3개월 뒤일 수도 있으니까."

"전문가들에게 자문을 구할 겁니다. 이 정도 인기의 음원이면 3개월 동안 얼마나 정산되는지. 추정치를 잡아드리겠습니다."

"지역 축제 같은 곳에 출연한다고 하면 촬영은 어떻게 하나요? 얼굴을 숨겼는데 카메라가 따라오면 이상하잖아요?"

"무명 인디 가수의 다큐멘터리 촬영으로 위장할 겁니다."

그 뒤로도 세달백일 멤버들과 강석우 피디는 질문과 응답을 주고받았다.

내 생각에 이건 예능적으로 별로 좋은 포맷은 아닌 것 같다.

무명 가수가 음악으로 돈을 버는 건 쉽지 않다.

한국에서 하루 종일 버스킹을 하면 얼마나 벌지 모르겠지만, 10만 원을 넘기 힘들지 않을까?

여기에 이동 비용이나 식대 같은 걸 빼면 거의 남지 않을 거고.

물론 내가 진심으로 작곡 능력을 발휘한다고 하면 엔터테인먼트에 곡을 팔 수 있겠지만…….

그건 예능적 재미가 떨어진다.

하지만 내 말에 강석우 피디는 고개를 저었다.

"최대한의 리얼함을 원합니다."

"리얼함이요?"

"네. 몰라서 한 기획이 아닙니다. 예능적 재미는 저희한테 맡기고, 세달백일은 음악으로 돈만 벌어 보시죠."

서승현 본부장의 말에 따르면, 세달백일의 등장으로 가요계에 큰 변화가 생겨났다고 했다.

연습생들의 탈주가 빈번하고, 인디 씬이 활성화되고 있다.

또한 작곡 스킬에 대한 수요가 어마어마하게 늘었다.

작곡만 잘하면 솔로 가수든, 아이돌이든, 기획사 없이 성공할 수 있다는 인식이 팽배해졌으니까.

서승현 팀장과 비슷한 말을 보탠 강석우 피디는, 세달백일이 보여 줄 게 인디펜던트의 절망 편이어도 좋고 희망 편이어도 좋다고 했다.

리얼함만 있으면.

그래?

그렇다면…….

"강석우 피디님."

"네?"

"저희가 만약에 3개월 만에 어마어마한 돈을 벌면 어떻게 되나요?"

"좋은 거죠? 문제가 될 게 있나요?"

"방송국에서 저희가 번 돈만큼 예산을 집행해 준다면서요."

"네."

"그럼 한 백억쯤 벌면 어떻게 되나요?"

"백억이요?"

강석우가 눈을 동그랗게 뜨자, 우리의 대화를 열심히 메모하던 주변의 작가들이 피식 웃었다.

말도 안 되는 소리라고 생각한 것이었다.

물론 백억은 말도 안 되긴 하다.

무명 가수라면 행사비가 없을 테니까.

하지만 금액은 일부러 크게 불러 본 거다.

이어질 말을 유도하기 위해서.

"얼마가 됐든 상관없습니다. 방송국에서 그만큼 집행해 드리겠습니다."

프로그램의 성격이 결정된 것 같다.

인디펜던트 가수들의 희망 편이자, 방송국의 절망 편.

"아, 프로그램의 타이틀은 몇 가지 중에서 논의 중인데 아마 셀프 메이드일 것 같습니다."

Self Made에 우리의 이름을 넣는 식이다.
Se(dal) lf Made 이런 식으로.
그렇게 예능 회의가 끝이 났다.

* * *

이제는 집처럼 느껴지는 숙소로 돌아와서 멤버들과 회의를 가졌다.
"예능 프로그램으로 회의하게? 아직 촬영 시작 안 했는데?"
온새미로의 말에 고개를 저었다.
오늘 할 이야기는 예능이 아니라 돈 이야기다.
마침 예능에서도 돈이 주제로 잡혔으니까.
"정산 이야기야."
"정산? 우리 정산되려면 턱없이 멀지 않았나?"
9월에 여덟 번의 대학교 축제를 뛰었고, 10월에는 행사가 이보다 훨씬 많다.
특히 우리의 앨범이 불티나게 팔려 나간 이후에 섭외된 행사는 몸값이 꽤 세다.
아마 10월은 본격적으로 돈을 버는 달이 될 거다.
하지만…….
"투자비용이 좀 많았지."

올해 버는 돈으로는 손익 분기점을 넘기는 건 불가능하다.

직원들 월급에다가 인센티브까지 생각하면 더더욱 그렇고.

난 여기에 책임감을 느낀다.

우리의 앨범은 100만 장을 반드시 넘길 페이스이고, 천천히 팔려 나갈 걸 생각하면 150만 장도 노려 볼 수 있다.

아마 우리의 정규 1집 앨범이 2017년에 가장 많이 팔린 앨범이 될 것이다.

하지만 앨범으로는 별다른 돈을 벌진 못했다.

이건 리미티드 에디션 때문에 벌어진 일인데, CD 플레이어 때문에 수익 마진이 거의 없다.

처음에는 CD 플레이어를 내 돈으로 제공하려는 계획이었다.

분명 내 사리사욕이 들어간 굿즈니까.

하지만 멤버들의 극심한 반대로 선투자금으로 잡게 되었고, 덕분에 앨범의 수익성이 굉장히 떨어졌다.

손해를 보면서 파는 건 아니지만, 앨범으로는 돈을 거의 못 번다고 해야 하나?

음원 수익만이 우리의 통장에 꽂힌다고 생각하면 된다.

우리의 수익성을 악화시키는 건 앨범뿐만 아니라, 뮤직비디오도 포함된다.

⟨State Of Mind⟩의 뮤직비디오가 잘 뽑힌 건 좋다.

하지만 제작에 어마어마한 돈이 들어갔고(세간에서 추측하는 것보다 더), 이 역시 선투자금으로 잡아 놓았다.

⟨Pin Point⟩의 뮤직비디오를 제작하지 않은 것도 이 때문이다.

나는 돈에 구애받지 않지만, 멤버들은 아니니까.

말은 하지 않아도 멤버들은 선투자금이 계속해서 쌓이기만 하는 걸 걱정하고 있다.

하지만 이 모든 건 결국 2억 장을 팔아야 하는 나 때문이다.

세달백일이 정상적인 그룹이었다면 앨범의 성공 이후, 행사와 예능을 돌아다니며 콘서트로 돈을 벌어들였겠지.

그래서 이 이야기를 허심탄회하게 하고 싶었다.

특히 온새미로의 지갑 상황을 생각해 보면 정산이 빠르게 진행될 필요가 있다.

먹고 자는 건 법인 카드로 한다지만, 개인 재산을 갖고 싶지 않을까?

"일단 제 생각은 수익의 절반은 정산을 받고, 절반은 선투자금을 까는 게 어떨까 싶어요."

"그러면 선투자금을 갚는 데 너무 오래 걸리지 않아?"

이온 형의 질문에 잠시 고민을 했다.

멤버들에게 돈 이야기를 꺼내면서 뭐라고 할지에 대한 고민이 많았으니까.

사실 운을 떼기 직전까지도 고민을 좀 했었다.

그럴 듯한 감언이설로 이들의 행동을 유도할지, 아니면 솔직하게 대할지.

평소의 나였다면 감언이설을 선택했겠지만, 이번 생은 좀 다르다.

끝까지 가 보기로 했으니까 솔직해지기로 결정했다.

"마음만 먹으면 저희는 훨씬 많은 돈을 벌 수 있어요."

가수가 성공하면 소속사는 어마어마한 돈을 벌어들인다.

하지만 우리는 소속사가 없고, 활동비를 제외하면 전부 우리가 가질 수 있다.

"두 번째 앨범을 낼 때 앨범 가격을 올리고, 랜덤 포카를 넣으면 어떻게 될까요? 굿즈도 수익의 극대화를 추구하면?"

욕은 좀 먹을 거다.

성공하더니 변했다고.

맞는 말이기도 하다.

1집 앨범을 낼 때는 우리를 압박할 요소들이 많았기 때문에 '착한 마케팅'을 해야 했다.

대중의 인식과 팬덤의 마음을 우리 편으로 만들어야 했으니까.

하지만 기반을 다진 2집부터는 수익의 극대화를 추구할 수 있다.

그럼 욕 좀 먹으면 어때라는 마음이 들 만큼의 돈이 통장에 꽂힐 거고.

이뿐인가?

싱글과 미니 앨범만 종종 발매하면서 행사와 콘서트만 반복할 수도 있다.

정규 앨범은 2~3년에 한 번씩 내면서.

"보통의 가수들이 이렇게 하죠."

이건 절대 나쁜 일이 아니다.

가수도 돈을 벌고 싶을 거고, 휴식기를 가지고 싶을 거다.

하지만 난 그게 싫다.

매년 1,000만 장씩 팔아도 20년을 팔아야 2억 장이다.

매년 앨범을 내고 싶다.

그러면서도 내 싱글 앨범을 발매하고, 프로듀싱 앨범도 내고 싶다.

그러니까…….

"영원히 선투자금이 갚아지지 않으면 좋겠어요."

절반의 정산금으로 멤버들이 호화로운 생활을 하면 좋

겠지만, 회사는 영원히 빚더미면 좋겠다.

그러면서도 그걸 갚겠다고 예능이나 행사를 돌지 않으면 좋겠다.

세달백일의 주가 음악이고, 부가 돈이면 좋겠다.

이기적인 생각이라는 걸 안다.

오직 내 목표를 위한 생각이라는 것도 안다.

하지만 멤버들에게 솔직히 이야기해 주고 싶었다.

내 이야기가 끝나자 멤버들이 눈만 깜빡거리다가 입을 열었다.

"그러니까……. 죽을 때까지 함께 활동하자는 낭만적인 이야기를 돈으로 한 거지?"

"……?"

이이온의 말에 이번엔 내가 눈을 깜빡였다.

뭐라는 거지.

이번엔 온새미로가 끼어든다.

"뭔가 잘못 생각하는 거 같은데, 난 지금도 충분히 호화롭다고 생각하는데?"

"지금이?"

"침대에서 자고, 노래만 해도 되고, 먹고 싶은 걸 먹잖아."

"뭐 그렇긴 한데……."

"거기에 절반이나 정산해 주면 부자 아니야?"

최재성도 끼어든다.

"저는 돈은 별 상관없어요. 그냥 인기가 얻고 싶어요."

"나도. 버섯농장 잘돼."

회귀자로서의 부정적 감정이 스멀스멀 피어오른다.

지금은 이렇게 말을 하지만 어차피 3~4년만 지나면 내가 그동안 만나 온 이들과 다를 바가 없을 거라고.

이 정도 성공이면 충분한데 왜 우리가 이를 악물고 해야 하냐고 화를 낼 거라고.

하지만······.

난 멤버들을 봐 왔다.

〈Resume〉를 녹음하기 위해서 일주일 동안 모든 걸 포기하고 내 디렉팅을 따르던 걸.

70점이라는 점수표를 받고서는 날듯이 기뻐하는 걸.

그러니까 나도 섣불리 재단하지 않겠다.

이들이 날 실망시키기 전까지는 미리 실망하지 않을 거다.

"좋아요. 그럼 그렇게 해요. 대신 정산받으면 저축 좀 많이 해 놔요."

"왜?"

왜긴 왜야.

비트코인 사야지.

지금 말고 1년쯤 뒤에.

그렇게 우리는 스탠스를 정했다.

* * *

보통의 팬 사인회는 초동 집계 기간과 맞물려서 진행된다.
이는 가수를 보고 싶어 하는 팬들의 마음을 앨범 판매 기록과 연결하려는 기획사의 마케팅 전략이다.
그러니 꼭 초동 기간이 아니더라도, 앨범 판매량이 의미를 가지는 기간에 팬 사인회를 잡곤 했다.
기록과 매출은 영원하니까.
하지만 세달백일은 아니었다.
그들은 4주간의 앨범 활동이 끝난 이후에 팬 미팅 혹은 팬 사인회를 진행하겠다고 선언한 것이었다.

[음악을 듣고 싶은 마음이 순수했으면 좋겠어서요.]

라이브 방송에서 이에 대한 질문을 받은 한시온의 답변이었다.
일반 대중들은 힙시온이 또 힙시온 했다는 반응이었지만, 팬덤의 반응은 좀 애매했다.

-굳이 그럴 필요가 있나?

-애들을 응원하려는 마음이랑 음악을 듣고 싶은 마음을 분리할 수가 있어?

-대체 팬싸는 어떻게 잡겠다는 걸까? 앨범으로 컷을 내는 건 싫다고 하고.

-진짜 100% 랜덤인가?

-우리를 생각해 주는 것 같아 감동이면서도 좀 혼란스러워.

-난 그냥 앨범 구매로 팬싸컷 내면 좋겠는데.

-왜? 난 지금이 너무 좋은데ㅎㅎ 이런 아이돌 그룹 없잖아.

-맞아. 반대로 세달백일이 어떻게든 돈 벌려고 혈안이 되면 좀 그럴걸? 회사가 없으니까 다 멤버들 의지로 보이잖아.

-뮤비나 활동에 돈을 아끼는 것도 아니고, 그 정도는 벌어야 하지 않아?

-맞아. 핀 포인트는 뮤비도 안 나왔잖아. 세상 어떤 아이돌 앨범 타이틀곡에 뮤직비디오가 없어?

-하지만! 앨범 판매 100만 장을 눈앞에 두고 있지.

-ㅎㅎㅎㅎㅎㅎ이건 좀 차오른다.

-프리즘(테이크씬 팬덤)도 이제 시비 안 걸잖아ㅋㅋㅋㅋ

-당연하지! 급이 다른데!

-애들한테 실망한 적이 없잖아. 좀 지켜보자.

팬덤은 이렇게 상황을 정리하는 분위기였지만, 오히려 안달이 난 곳은 여타 기획사들이었다.

아니, 대체 왜 굿즈로 매출 극대화를 안 하지?

팬 사인회를 앨범 컷으로 냈으면 200만 장도 팔았을 거 아니야?

콘서트는 왜 안 해?

그 있잖아, 혹시 회사 구조가 자리를 잡지 못해서 그런 거라면 우리가 도와줄게.

혹시 매출 20%, 아니 30%만 줄래?

70%는 너희가 가져.

일은 다 우리가 할게!

이런 문의가 서승현 본부장을 통해 하루에도 몇 건씩 쏟아졌다.

심지어 어떤 대형 홍보 대행사에서는 팬 사인회를 공짜로 진행해 줄 테니까, MOU를 맺자는 제안도 있었다.

이건 어지간히 세달백일을 고평가하지 않으면 나올 수 없는 제안이었다.

현재의 손실을 감당하면서까지 세달백일과 좋은 관계를 맺고 싶다는 것이니까.

즉, 세달백일의 미래 가치가 현재의 손실을 간단히 메

꿀 거라는 확신이 있을 때 나올 제안이었다.

당연하다면 당연했다.

세달백일 멤버들이 본인들의 인기에 대한 현실성이 없어서 그렇지, 지금 대한민국은 세달백일의 시대다.

70-80년대를 살았던 부모님들이 세달백일을 어마어마하게 좋아했다.

딸과 함께 아이돌 음악을 듣는 아버지나, 아들과 함께 아이돌 음악을 듣는 어머니는 흔한 게 아니다.

하지만 세달백일은 두 연령층을 모두 포용했다.

그뿐인가?

미국에서도 세달백일에 대한 관심이 제법 있었다.

역사의 뒤안길로 저물어 가던 록스타(록 장르를 했다는 의미는 아니다)들을 총출동시킨 악마의 재능.

명백히 2017년도를 뛰어넘는 세련된 사운드에 1970-80년대의 감성을 섞은 앨범.

〈The First Day〉를 한 번이라도 제대로 들은 빌보드의 리스너들은 박수를 치지 않을 수가 없었다.

물론 언어가 다르고, 미국 활동이 없었으니 메이저 컬처에 오르진 못했다.

미국에서 팔린 앨범이 25만 장쯤 되는데, 아직 하프 골드(50만 장의 판매량)밖에 되지 않는다.

이 정도는 지역에서 인기를 얻은 언더그라운드 가수들

도 달성하는 성적이니까.

하지만 판매량과 무관하게 다들 엄청난 고평가를 하고 있었다.

심지어 크리스 에드워드는 다음 발매곡인 〈Players〉가 자이온이 작곡한 곡이라고도 밝혔고.

상황이 이렇다 보니 외부의 회사들이 보기에 세달백일은 돈과 금이 흐르는 땅이었다.

저 땅에 진입하고 싶어서 안달이 났다.

친해지고 싶다.

이럴 줄 알았으면 최대호가 지랄할 때 좀 도와줄걸!

피처링 한 번만 받을 수 있으면!

미리미리 예능에 섭외 좀 할걸!

온갖 곳에서 곡소리가 나오고 있었다.

그러나 세달백일은, 그리고 그들을 이끄는 한시온은 아무 관심이 없었다.

아니, 그렇게 보였다.

하지만 이건 한시온의 정확한 상황을 모르기 때문에 하는 말이었다.

한시온은 앨범에 있어서는 순수해야 했다.

앨범을 사고자 하는 팬들의 순수한 마음에 마케팅이 들어가면 안 됐다.

[세상 무엇과도 교환할 수 있는 재화로 누군가의 한순간을 소유하려 든다면 그것이 공양이며, 숭배고, 정복이다.]

앨범 구매가 팬 사인회랑 연결되면, 재수 없으면 악마의 카운팅이 되지 않을 수도 있다.
앨범을 사고자 하는 마음보다 잿밥에 더 관심이 있다면?
그건 재화로 누군가의 한순간을 소유한 것이 아니다.
물론 악마가 이렇게까지 자세히 이야기해 준 건 아니지만, 한시온은 악마의 말을 그렇게 해석하고 있었다.
그렇기 때문에 팬 사인회 역시 모든 활동이 끝나고 진행되는 것이었다.
티티는 대체 어떻게 할 것인지에 대해 의문을 품고 있었지만.
그러던 10월의 어느 날.

[오늘자 국민대 축제 영상!]

여느 때와 같이 티티는 공홈에서 놀고 있었다.
세달백일의 공홈은 디자인적으로는 꾸리꾸리하지만, 기능적으로는 완벽하다.

처음에는 뭐가 너무 많아서 당황했지만, 금방 익숙해졌고, 이제는 너무 편하다.

그래서 세달백일의 팬덤들은 유튜브에도 영상을 올리지만, 그보다는 공홈에 영상을 올리는 걸 더 좋아했다.

그러면 어그로 없는(완전히 없다는 건 아니다) 팬들의 생생한 반응을 함께 즐길 수 있으니까.

그뿐인가?

원래는 가수들과 주기적으로 메시지를 공유하거나 소통하기 위해서는 특정 플랫폼에 이용료를 지불해야 했다.

하지만 세달백일의 공홈에는 이미 자체적으로 소통 기능이 있다.

그래서 요즘 세달백일에 관심이 많은 대중들은 세달백일을 '공산주의 아이돌'이라고 불렀다.

돈을 밝히는 모습을 보이면 '자본주의'이라고 부르는 것과 반대의 의미로 쓰는 것이었다.

물론 공산주의가 그런 뜻은 아니지만, 일단 뜻은 통하니 생각보다 멀리 퍼져 나가는 밈이었다.

한데, 간만에 운영팀의 공지가 올라왔다.

〈팬 사인회에 참여하고 싶으신 TT를 찾습니다!〉

'드디어!'

'떴다!'

대체 어떻게 팬 사인회를 진행하려는지 그 누구도 감을 잡지 못하고 있었으니, 팬덤은 후다닥 공지를 눌렀다.

그러자 무슨 구글 폼 비슷한 게 떠오른다.

거기에는 아주 설문 조사 항목들이 있었는데, 내용이 너무 상세했다.

100% 참석할 수 있는 날짜를 고르라고?

가장 좋아하는 시간을 고르라고?

딱 한 명만 만날 수 있다면 누구를 만나고 싶냐고?

제일 좋아하는 곡?

대체 뭘 하려고 이런 걸 묻는 거지?

* * *

역시 돈은 사람을 웃게 한다.

정산금을 받은 이후로 어째 멤버들의 얼굴이 넉넉해진 것 같다.

특히 온새미로는······.

"온새미로. 돈 좀 모아 놓으랬지."

"버킷 리스트만 조금 해결하고 모으면 안 될까······?"

쇼핑에 미쳐 있다.

1~3만 원짜리를 엄청나게 사들이고 있다.

근데 버킷 리스트를 보니 좀 짠해져서 가만히 놔뒀다.

정말 소소하더라.

버킷 리스트를 거의 해결해 가고 있긴 하지만, 어묵 배부를 때까지 먹기는 아직 못한 듯하다.

10월에 길거리 어묵을 파는 곳이 어디 있겠어.

이건 내가 의도한 건 아닌데, 우리가 대부분의 예능 출연을 거절하자 몸값이 올라가고 있다.

하긴 뭐, 이 바닥에 희소성만큼 돈이 되는 건 없으니까.

그런 날들을 보내고 있는데, 오늘 방문할 축제에서 재미있는 이야기를 들었다.

운이 좋았던 건지, 나빴던 건지는 모르겠지만, 지금까지 우리는 행사를 뛰면서 테이크씬을 만난 적이 없다.

추측해 보자면 대행사에서 의도적으로 좀 피했던 것 같기도 하고, 라이언 엔터가 눈치를 잘 본 것 같기도 하다.

우리한테 망신을 당하긴 했지만, 최대호의 영향력이 없어진 건 아니다.

여전히 라이언 엔터는 대한민국의 3대 기획사 중 하나이고, 최대호는 가장 성공한 제작자 중 한 명이니까.

그러니 세달백일과 테이크씬이 겹치는 스케줄을 피하는 것 정도는 쉽지.

한데…….

오늘 소화할 구남대학교 축제에서 우리는 테이크씬과 만난다.

우리가 갑자기 섭외되면서 테이크씬이 피하지 못한 거다.

하지만 좀 재미있는 건, 세달백일 멤버들 그 누구도 긴장을 하고 있지 않다는 것이었다.

"어차피 우리가 엔딩이잖아. 테이크씬은 오프닝 쪽이던데."

"그래?"

"그리고……."

온새미로가 내 귀에 속삭였다.

"마스크드 싱어에서 주연을 만났었잖아."

"그치."

"내가 이겼잖아."

뭐, 그렇긴 하지.

테이크씬이 만만한 팀은 아니다.

페이드가 포더유스가 아니라 테이크씬으로 데뷔한 건 처음 보지만, 테이크씬이라는 이름 자체는 나도 알고 있었으니까.

그중에서도 주연은 훗날 아이돌이라는 딱지를 떼고 솔로 보컬리스트로 성공할 인물이다.

하지만……

날 제외하더라도 이제는 세달백일이 더 낫다.

과거에는 친분 보정이 들어갔었지만, 이제는 객관적으로 봐도 그러하다.

그래서 나도 피식 웃었다.

지금까지의 세달백일 멤버들은 나란 존재 때문에 자신감이 좀 없는 편이었다.

이렇게 말하면 무슨 중2병 같지만, 사실이 그렇다.

난 회귀자고, 셀 수 없는 세월 동안 음악에 매진했다.

늘 빌보드의 최상단에 거주했으며, 그래미 위너였고, 역대 최고의 가수로 손꼽혔다.

그러니 내 실력은 감추려고 해서 감춰질 게 아니고, 영향받지 않겠다고 해서 피할 수 있는 게 아니다.

때문에 〈The First Day〉는 성공했고, 세달백일의 마음에 자신감을 불러일으켰다.

다음 앨범 작업이 기대된다.

강석우 피디와 하는 셀프 메이드가 끝나면 앨범 작업에 들어가고 싶을 정도로.

원래는 싱글이나 미니 앨범을 발매할 타이밍이라는 걸 알지만…….

난 피지컬 앨범이 좋으니까.

잘 꼬드겨 봐야지.

그런 생각을 하는 중에 축제가 시작되었다.

개인적으로는 대기실에 테이크씬이 등장하지 않을 줄 알았다.

원래 스케줄이 바쁜 가수들은 대학 축제도 딱딱 맞춰서 등장하는 법이다.

우리라고 좋아서 대기실에 앉아 있는 게 아니다.

셀프 메이드를 촬영하면서 세달백일이 스케줄을 소화하는 그림이 필요해서 앉아 있는 거다.

게다가 우리와 테이크씬의 관계를 생각해 보면, 라이언 엔터의 밴에서 대기하다가 무대를 소화하고 사라지는 게 정석이다.

하지만 아니었다.

"안녕하세요. 잘 지냈죠?"

대기실에 들어오기 전부터 이미 각오를 했는지, 테이크씬의 리더인 씨유가 자연스럽게 웃으며 인사를 건넨다.

세달백일 멤버들도 분분히 자리에서 일어나서 인사를 받았다.

난 잘 모르겠지만, 세달백일 멤버 중 테이크씬 멤버들과 친했던 이들도 있었다.

구태환이 레디랑 친했던가?

나도 페이드를 제외하면 딱히 악감정은 없고.

하지만 원래 관계는 상황이 만드는 거라서, 이제 더는

친할 수가 없었다.

 어색하게 인사를 나누는 이들을 보다가 페이드에게 다가갔다.

 "안녕?"

 페이드가 입술을 깨물고는, 촬영을 위해 거치해 놓은 셀프 메이드의 카메라를 보고는 고개를 까딱인다.

 누가 봐도 억지로 하는 인사였지만 상관없다.

 나라고 페이드가 반가운 건 아니었으니까.

 그냥 해 주고 싶은 말이 있다.

 페이드를 가만히 쳐다보다가 입을 열었다.

 "갈 길 가."

 "……뭐?"

 "더 이상 적대하지 말자고. 너도, 나도."

 나지막이 중얼거렸지만, 다른 테이크씬 멤버들에게도 들렸을 거다.

 들어도 상관없고, 셀프 메이드 촬영을 위해 거치해 놓은 카메라도 상관없다.

 우리는 현재 마이크를 차지 않은 상황이고, 배경만 따고 있다.

 피디는 누끼를 딴다고 표현하던데.

 "……."

 내 말에 페이드의 얼굴에 당황스러움이 얼핏 묻어났다.

아마 내가 본인에게 시비를 걸거나 조롱을 할 거라고 생각한 모양이었다.

글쎄, 그럴 수도 있었다.

그럴 마음이 없었던 것도 아니고.

가끔은 나조차도 내가 무슨 생각을 하고 사는지 헷갈릴 때가 있다.

악몽을 꿔서 깼다가도, 여전히 악몽인지 아닌지 헷갈릴 때가 많다.

하지만 확실한 건 이거다.

감정은 소모적이라는 것.

누군가를 미워한다는 건, 그만큼 생산적인 활동을 하지 못한다는 걸 뜻한다.

하지만 이제 페이드는 내게 그 정도의 의미를 주지 못한다.

본래 페이드를 생각하면 포더유스 시절이 떠올랐다.

내가 처음으로 도전해 본 케이팝 아이돌.

벌써 백 년이 훌쩍 지나서, 아른거리는 기억이 진짜인지 왜곡된 것인지도 알 수 없는 아주 먼 과거의 일.

하지만 이젠 다르다.

설령 이번 생에서 실패를 겪더라도…….

난 앞으로 페이드를 포더유스로 기억하지 않을 것 같다.

세달백일과 대립했던 놈.

혹은 온새미로를 괴롭혔던 놈.

그렇게 기억할 것 같다.

그리고 이 복수는 내 몫이 아니다.

세달백일이 성공하고, 온새미로가 직접 복수를 해야겠지.

용서하는 게 아니다.

상관없어진 거다.

내 감정이 더는 포더유스 시절에 얽매여 있지 않으니.

페이드는 무슨 생각을 하는 건지 내 눈을 피한 채 가만히 서 있었고, 대답을 바라는 건 아니라서 나도 뒤로 물러났다.

그렇게 대기실에 애매한 침묵이 흘렀다.

테이크씬의 리더인 씨유가 무슨 말이라도 해야겠다 싶었는지 입을 여는데, 진행 스태프가 후다닥 들어온다.

왜 여기 계시냐고.

오프닝 무대를 준비해야 한다고.

그 말을 듣고 생각해 보니까, 여기가 우리 단독 대기실이었나 보다.

단독 대기실을 준다는 말은 없었는데, 셀프 메이드 촬영 때문에 바뀐 건가?

그럼 테이크씬은 진짜 그냥 인사하러 온 거였네?

그런 생각을 하고 있을 때 테이크씬이 인사를 하고는 대기실을 빠져나갔다.

"왜 그랬어?"

"뭐가요?"

"아니 난 네가 페이드한테 한 소리 할 줄 알았거든."

이이온의 말에 어깨를 으쓱했다.

"사람 괴롭히는 취미는 없는데요."

난 갈등을 피하는 사람은 아니지만, 굴복을 추구하는 사람도 아니다.

싸우고 이기면 끝이다.

그렇게 생각했는데 멤버들이 극심한 반응을 보인다.

"거짓말."

"거짓부렁."

"말도 안 돼."

왜 이래?

"녹음실에서의 본인의 모습을 기억한다면 그렇게 말할 수 없습니다."

"그건 녹음이잖아."

우리 1집 앨범이 일정이 좀 타이트하긴 했지.

최재성이 유독 힘들어하기도 했다.

내가 모은 건 아니지만 어쩌다 보니 세달백일은 고유의 색깔이 강한 이들로 모여 버렸다.

그 사이에서 균형을 잡는 역할을 하는 건 쉬운 일이 아니다.

그래서 최재성을 쥐 잡듯이…… 가 아니고, 조금 어렵게 디렉팅을 해 줄 수밖에 없었다.

그래도 뭐, 잘 해냈잖아?

"녹음하면서 초코바를 엄청나게 먹었는데 살이 빠졌던데요?"

"그건 근육량이 많아져서 그래."

"으으."

최재성이 진절머리를 치자, 멤버들이 다들 공감의 표정을 짓는다.

좀 서운하다.

최재성은 모르는 것 같지만, 앨범 강행군 이후에 실력이 꽤 많이 좋아졌다.

이제 곧 스넘제에서 본격적인 공연을 하는 모양이던데, 금방 체감할 거다.

그런 생각을 하고 있을 때, 밖에서 폭죽 소리가 들려왔다.

익히 들어 알고 있던 씬스틸러의 무대가 시작된 것이다.

"안무 한번 맞춰 볼까?"

이이온의 말에 다들 자리에서 일어났다.

테이크씬이 오프닝이고 우리가 엔딩이니 공연을 하려면 2시간은 걸릴 텐데…….

성실한 게 마음에 든다.

* * *

대학교 축제는 아이돌 팬들에게 꽤 반가운 스케줄이다.

티켓팅이 필요하지도 않고, 돈이 들어가지도 않는다.

대학교에 따라서 재학생에게 먼저 좋은 자리를 제공하고 일반인들에게 후순위 관람을 인도하는 경우도 있지만, 구남대학교는 아니었다.

오직 선착순!

그러니 오늘의 축제를 보기 위해 세달백일의 팬덤이 몰려든 건 당연한 일이었다.

엔딩 타임까지 기다리는 게 꽤 길긴 했지만, 다른 가수의 무대를 보는 게 싫은 건 아니니까.

딱 한 팀, 테이크씬만 빼면.

"쟤네는 가네."

"오프닝이잖아."

"저건 부럽다."

티티는 테이크씬의 공연이 끝나자 현장을 빠져나가는 프리즘을 쳐다보았다.

과거에는 아이돌 팬덤이 현실에서도 충돌하는 사례가 있었지만, 요즘은 아니다.

본체만체하는 게 대부분이고, 오히려 현실에서는 잘 지낼 수도 있다.

물론 이건 세달백일이 라이언 엔터의 영향력을 완전히 벗어났기 때문에 보여 줄 수 있는 관용이었다.

계속 음방도 출연 못하고 눌려 있었다면, 절대 아니었을 거다.

"그래도 생각보다 많네."

"쟤네 완전 똘똘 뭉쳤잖아. 행동력 장난 아니다."

프리즘은 요즘 일당백의 기세였다.

테이크씬이 워낙 전방위적으로 조롱을 당하다 보니 팬덤이 똘똘 뭉친 것이었다.

하지만 그러거나 말거나 티티가 궁금한 건 하나였다.

'비활동곡!'

케이팝 스트러글, 스테이트 오브 마인드, 핀 포인트.

이게 이번 앨범의 활동 곡이다.

활동 곡에는 당연히 안무가 있고, 세달백일이 어마어마하게 성공한 지금.

안무를 만든 곳이 누군지도 다 밝혀졌다.

네티즌 수사대들이 밝혔다는 게 아니다.

안무를 의뢰받아서 만들어 준 퍼포먼스 팀들이 본인의

유튜브 채널에 동네방네 홍보를 하고 있으니까.

하지만 어처구니없게도, 세달백일 1집 앨범에서 가장 잘된 곡은 타이틀 곡이 아니다.

음악 방송 이후로 핀 포인트가 꾸준히 실시간 차트 1위를 기록하긴 했지만, 월간 차트로 넘겨 보면 이야기가 다르다.

월간 차트 순위에서는 서머 크림이 핀 포인트보다 높다.

재밌는 건, 서머 크림이 활동 곡도 아닌, 그저 10번 트랙이라는 것이었다.

이건 말 그대로 노래의 힘이다.

마케팅이고, 버즈량이고, 음악 방송이고, 다 두드려 패고 순수 음원 성적이 깡패같이 높다.

그도 그럴 법한 게, 핀 포인트는 호불호가 갈린다.

극도로 좋아하는 사람이 있는 반면, 극도로 싫어하는 사람도 있다.

테크노 특유의 뿅뿅거리는 사운드가 섞여 들어간 게 시끄럽다는 이유에서였다.

다른 곡들도 마찬가지다.

케이팝 스트러글의 로파이 칩멍크를 싫어하는 이들도 있고, 스테이트 오브 마인드의 이모 힙합 특유의 듬성듬성한 느낌을 싫어하는 이들도 있다.

하지만 서머 크림은 아니었다.

바닷가로 여행을 가는 차 안에서 듣고 싶은 노래.

휴가를 떠나는 비행기에서 푸른 창공을 보며 듣고 싶은 노래.

이런 식의 제목이 달린 플리의 1순위로 선택되는 곡이다.

한국인들이 좋아하는 감성이며, 첫 소절을 듣는 순간 꽂히는 이지 리스닝이다.

게다가 한시온이 무슨 짓을 한 건지 모르겠는데, 아무리 들어도 질리지 않는다.

그 이유를 알려 준 건 어떤 클래식 연주자였다.

원래 케이팝 팬들은 리액션 문화에 익숙한 편이고, 리액션 영상을 보는 걸 좋아한다.

특히 특정 분야의 전문가들이 우리 애들을 칭찬해 주면 너무 좋다.

한데, 얼마 전에 대형 유튜버가 서울시립교향악단의 단원에게 세달백일의 앨범을 들려주는 콘텐츠를 찍어 올린 적이 있었다.

그때 케이팝을 거의 듣지 않아서 세달백일에 대해 잘 모르던 바이올린 전공자가 서머 크림의 비밀을 알려 줬었다.

[아니, 이거 루바토(의도된 즉흥성)예요? 이게 이런 식으로 곡이 전개될 수가 없는데?]

[앨범을 녹음하면서 루바토가 들어가면 이상하지 않나요?]

[그렇긴 한데……. 그럼 이 아슬아슬한 느낌을 의도한 거라고요? 그것도 이렇게 말랑말랑하고 경쾌한 노래 안에서?]

[좀 더 자세히 말씀해 주실 수 있나요?]

[비유하자면…… 완벽히 정리되어 있는 책장에 딱 한 권의 책이 비스듬히 꽂혀 있는 거죠. 그래서 자꾸 보게 되는 느낌.]

[그게 어렵나요?]

[어렵죠. 이런 건 조금만 잘못하면 밸런스가 깨지거나, 몰입이 깨지거든요. 와, 신기하다. 이거 만든 작곡가 클래식 작곡 전공자죠?]

[아뇨?]

[그럼 나이가 많으신가?]

[스무 살이실걸요?]

[에이. 거짓말.]

[진짠데.]

이 영상은 유튜브 알고리즘을 탔고, 다시 한번 서머 크림을 차트 1위로 올려놓았다.

한데 어이없게도 세달백일은 단 한 번도 서머 크림의

무대를 한 적이 없었다.

9월의 대학교 행사 때는 레주메, 컬러풀 스트러글 + 케이팝 스트러글, 스테이트 오브 마인드, 핀 포인트로 무대를 장식했었다.

그 외에는 종종 서울 타운 펑크나 세달백일 같은 커밍 업 넥스트의 노래를 불렀고.

앞뒤 상황만 따지고 보면 당연한 일이긴 하다.

본인들 콘서트가 아닌 이상, 원래 행사는 유명한 활동곡으로 소화하는 거다.

게다가 아이돌은 안무가 중요하니까.

하지만······.

'썸머 크림 정도면 누워서 불러도 되지 않을까?'

세달백일 앨범의 10번 트랙은 그 정도로 힘이 있었으니까.

그런데 어제, 공홈과 SNS에 공지가 올라왔었다.

남은 10월의 대학 행사에서는 앨범 곡만 부를 거라고.

이 소리가 뭐겠는가?

썸머 크림을 비롯한 비활동 곡을 부르겠다는 소리다.

그리고 그 첫 행사가 오늘이고.

오늘의 무대를 기대하는 건 티티뿐만이 아니었다.

-남자 아이돌 직캠을 보고 있는 군필자, 비정상인가요?

-ㅋㅋㅋㅋ나도 사실 썸머 크림 무대가 격렬히 보고 싶긴 해.
-안무가 없어서 안 하는 것 같던데, 안무 좀 없으면 어때. 실력이 있잖아.
-ㅋㅋㅋㅋㅋㅋㅋㅋㅋㅇㅈ
-니들이 힙시온 사용 지침을 잘 몰라서 그러는데, 해 달라고 하면 안 해 주는 게 힙시온이다. 제발 부르지 말라고 읍소해야 불러 준다.
-그럴듯해.
-썸머 크림 거부 운동 1일차 시작합니다.

대중들도 기대가 꽤 컸다.
그렇게 사람들의 기대 속에서 구남대학교 축제가 차곡차곡 진행되기 시작했다.
사실 세달백일을 제외하면 그렇게 짜임새 있는 라인업은 아니었다.
유명 가수들도 별로 없었다.
오죽하면 관객들이 오프닝이었던 테이크씬의 무대가 가장 좋았다고 말하고 있으니까.
"지금까지 테이크씬이 제일 좋지 않아?"
"그니까. 탈색한 애 이름 뭐야?"
"레디?"

"잘생겼더라."

듣고 있던 티티는 온몸으로 거부하고 있었지만, 사실 테이크씬이 실력 없는 팀은 아니었다.

누군가 우스갯소리로 '야 어쩌면 테이크씬이 정말 잘하는 걸 수도 있음. 세달백일이랑 비볐잖아.'라고 했던 말도 영 거짓은 아니다.

물론 커밍업 넥스트를 할 때의 세달백일과 현재의 세달백일은 레벨이 다르지만.

'딱 봐.'

'우리 애들 나오면 완전 다르니까.'

티티가 그런 생각을 품을 때쯤.

드디어 축제에 엔딩에 도달했다.

그리곤.

"세달백일!"

MC의 호명과 함께 무대 위로 세달백일이 뛰어 들어왔다.

인사도 없었다.

곧장 비트가 터져 나오더니…….

앨범과 동명의 타이틀을 지닌 1번 트랙 〈The First Day〉가 시작되었다.

아직 사람들은 몰랐지만.

전설로 남을 '앨범 전곡 공연'의 시작이었다.

* * *

난 정말 오랫동안 '좋은 앨범'에 대해서 고민을 해 왔다.

아니, 고민만 한 게 아니다.

다양한 실험도 했다.

빌보드 Hot 100 1위에 오를 싱글 12개를 하나의 앨범으로 묶어서 발매해 본 적이 있다.

50분짜리 곡을 만들고, 그걸 8개의 트랙으로 나눠서 발매해 본 적도 있다.

전반부에는 힙합 트랙을 배치하고, 후반부에는 하드 록을 배치하는 말도 안 되는 짓거리도 해 봤다.

내가 진행한 실험들은 때론 예상보다 좋은 성과를 거뒀고, 때론 이해할 수 없을 정도로 참혹한 실패를 거뒀다.

누군가는 내가 그쯤 했으면 좋은 앨범에 대한 정의를 내렸을 거라고 생각하겠지만……

난 아직도 결론을 내리지 못했다.

어떤 앨범을 내야지 2억 장에 닿을 수 있는지 모르겠다.

하지만 적어도 필요한 요소에 대해서는 깨달았다.

첫 번째, 사람을 미치게 만드는 인트로가 필요하다.

건즈 앤 로지스의 〈Sweet Child O' Mine〉의 도입부는 아마 지구 역사상 가장 성공한 기타 리프일 것이다.

누군가는 스윗 차일드 오 마인드의 도입부를 두고 이렇

게 말하기도 했었다.

죽음의 위험이 닥쳐오는 순간이 아니라면, 그 누구도 이 곡의 도입부만 듣고 노래를 멈출 리 없다고.

하지만 건즈 앤 로지스의 기타리스트가 최고의 테크니션인 건 아니다.

누구도 따라 할 수 없이 어려운 것도 아니고, 특별한 코드 진행으로 만들어진 것도 아니다.

쉬운 음과 쉬운 코드다.

하지만 사람을 미치게 한다.

우리 앨범의 1번 트랙이 그렇다.

난 사람들이 왜 우리의 1번 트랙에 찬사를 퍼붓지 않는지 모르겠다.

서구권에서는 1번 트랙을 베스트 트랙으로 뽑는 이들이 많던데, 한국에서는 아니다.

아마도 감성의 차이겠지.

우린 더 큰 칭찬을 받아야 한다.

극찬을 받고, 경이로움을 보내 주어야 한다.

우리에겐 자격이 있다.

그리고, 구태환에게는 더 큰 자격이 있다.

우리에게 주어진
시간이 만약

Tik Tok
First day, 이 노래를

앨범을 녹음하며 유일하게 원 테이크로 오케이 된 부분이 있다면, 여기다.
레코딩 당시, 구태환의 들숨과 날숨조차 리드미컬하다고 느꼈었다.
확실히 물이 올랐다.
구태환의 뒤를 이어받은 건 나였다.

우리에게 주어진
시간이 만약
Tiki Tok
First day, 같은 노래를

그런 가수들이 있다.
누군가와 비교가 될 때 더 빛나는 가수들.
구태환이 그렇다.
구태환은 비교 대상이 뛰어나면 뛰어날수록 더 음악을 잘하는 것처럼 들리는 가수다.
구태환보다 노래를 몇 배는 잘 부르는 내가 비슷한 느낌으로 마디를 채웠다.

그렇다면 보통은 도입부의 리듬이 잊혀진다.

내 목소리가 앞선 화자의 목소리를 지워 버린다.

하지만 이상하게도 구태환의 리듬감은 더욱 생생해진다.

마치 에릭 스캇의 기타 리프 뒤로 들릴 리 없는 구태환의 목소리가 메아리처럼 남은 것 같다.

이건 나도 이유를 모른다.

하려고 한다고 할 수 있는 것도 아니고.

그게 너무나 만족스럽다.

평생을 음악에 매진해 온 나조차 정확히 알지 못하는 요소가 내 팀에 있다는 게.

그게 우리의 앨범을 위해 쓰인다는 게.

그사이, 관객들이 입을 쩍 벌리고 우리를 쳐다보는 게 느껴진다.

어때?

앨범으로 듣던 것보다 좋지?

앨범을 듣지 않았으면 사야 할 거 같고.

그렇게 1번 트랙이 나아가는 동안 우리는 거의 움직이지 않았다.

최재성이 노래를 불러도, 이이온이 노래를 불러도 마찬가지였다.

그저 가만히 서서 노래만 불렀다.

아이돌로서 직무 유기이긴 하다.

아이돌은 가수이기 이전에 퍼포먼서고, 무대를 꽉 채워야 하는 이들이니까.

하지만 이 순간만큼은 상관없을 것이다.

에릭 스캇의 기타 리프를 배경 삼아 쏟아지는 세달백일의 목소리가 무대를 꽉 채웠으니까.

하지만 그렇다고······.

우리가 춤을 추기 싫다는 건 아니다.

쾅!

1번 트랙이 1/4 정도 전개됐을 지점.

온새미로의 노래가 시작되어야 하는 후렴구에 포탄이 떨어지는 소리와 함께 거친 신스음이 터져 나왔다.

연결은 자연스러웠고, 화려했다.

이 도입부를 모르는 사람은 없는 것 같았다.

왜냐고?

-꺄아아아아아아악!
-와아아아악!

비명이 들리기 시작했으니까.

케이팝 스트러글.

군무가 시작되었다.

박자를 잘게 쪼개면서도 큰 동작을 가져가는 특유의 안

무가 나아간다.

본래 앨범의 2번 트랙은 오리지널 버전의 컬러풀 스트러글이긴 하다.

하지만 이건 공연이니까 히든 트랙인 케이팝 스트러글을 끌어왔다.

치이이익!

우리의 춤이 격렬해지고, 무대 장치 중 하나인 불꽃이 터져 나왔다.

대학 축제는 사운드 체크를 제외하면 리허설을 할 수가 없다.

그래서 이런 불꽃 장치가 있는지 몰랐는데, 아주 적절하다.

팡!

불꽃이 치솟음과 동시에 우리의 프리즈 동작으로 군무를 딱 멈췄으니까.

케이팝 스트러글의 떼창을 장전한 듯한 사람들이 멈춘다.

미안하지만 아직 아니다.

이 노래는 방송에서 너무 많이 했잖아?

프리즈 동작에서 역재생을 하는 것처럼 멤버들의 반대로 동작을 이루어 가더니.

3번 트랙, 〈Freedom is not Free〉가 출발했다.

난 8명의 뮤지션들과 공동 작곡을 했지만, 우리의 앨범 트랙은 8개가 넘는다.

 이 노래는 〈Resume〉와 같이 오리지널이다.

 자유는 공짜가 아니다.

 세달백일이 자유를 얻기 위해 각자는 각자의 비용을 지불했다.

 하지만 그걸 힘들다고 소리 지르면 촌스럽잖아.

 저지 클럽 특유의 딴딴거리는 멜로디 뒤로 최재성이 입을 연다.

No Role Models
오늘은 기분 좋은 밤
Dedede- Dirve

 우리 앨범에서 유일하게 구태환이 아닌 다른 멤버가 인트로를 맡은 곡이다.

 왜냐고?

 이 리듬에서는 재성이가 더 좋았거든.

 참고로 이 노래는 안무가 없다.

 그냥 막춤이다.

 다만 최재성이 노래를 부르면 이이온이 춤을 추고, 이이온이 노래를 부르면 구태환이 춤을 춘다.

* * *

　인터넷 방송인 백만 시대라고 할 만큼 라이브 방송이 활성화된 세상이다.
　당연히 세달백일의 구남대학교 축제도 라이브 스트리밍을 송출하는 이가 있었다.
　평범한 축제였다면, 세달백일이 아무리 인기가 좋아도 그렇게까지 많은 사람들이 보진 않았을 것이었다.
　하지만 세달백일은 SNS로 남은 행사에서는 앨범 곡을 부르겠다고 밝혔고, 이에 관심을 보이는 이들은 방송을 찾아왔다.

　-오ㅋㅋㅋ 이게 제일 화질 좋네.
　-ㅇㅇㅇ 음질은 아쉬운데 화질 좋네. 이거 폰 송출 아닌 거 같은데?
　-구남대 학생회에서 송출하는 거 아님? 각도가 딱 그 삘이야.
　-그래도 되나?
　-뭐 어때ㅋㅋ 어차피 대학교 축제는 입장료도 없는데.

　그리고 그런 이들은 이런저런 스트리밍을 기웃거리다가, 가장 화질이 좋은 방송으로 찾아 들어왔다.

어차피 개인 송출의 음질은 거기서 거기긴 하다.

공연을 처음부터 보는 이들도 있긴 했지만, 대부분은 세달백일이 궁금해서 온 이들이었다.

그러니 축제가 엔딩으로 향할수록 사람들의 수가 늘어났다.

그리고 마침내.

-와ㅏㅏㅏㅏ
-떴다!!
-SO CUTE!
-뭐야 여기 외국인이 왜 있어.
-빌보드 뮤지션이라구.
-오우 옷 ㅈㄴ 까리하다.

세달백일이 1번 트랙을 다짜고짜 시작할 때까지만 해도 사람들은 흥미롭게 지켜봤다.

-이거 좋음.
-ㅇㅇㅇ 나도 1번 트랙 듣고 앨범 샀음.

〈The First Day〉는 누가 뭐래도 명반이다.

처음 어설프게 앨범을 깎아내렸던 평론가들이 얼굴을

붉히며 글을 내리거나 수정을 해야 했을 정도로.

하지만 그렇다고 모든 트랙이 공평하게 조명을 받는 건 아니었는데…….

-와 뭐야. 3번 트랙이잖아?
-이거 설마 트랙 순서대로 가냐?
-ㅋㅋㅋㅋㅋㅋㅋ힙시온
-이제 걍 힙달백일인 듯ㅋㅋㅋㅋㅋㅋㅋㅋ 애들 영향 받은 거 봐.

물론 모든 노래를 정직하게 들려준 건 아니었다.

1번 트랙은 1/4 정도만 들려줬고, 케이팝 스트러글은 아예 군무만 따로 빼서 보여 줬다.

3번 트랙은 제법 길었지만, 1절을 빼고 후렴-2절의 구성을 취했다.

4번 트랙 〈Resume〉는 아예 노래를 안 불렀다.

정직하게 MR을 틀어 놓고는 관객들의 떼창을 즐겼다.

-아니 뭔 지들 콘서트 왔네ㅋㅋㅋㅋ 개멋있어.
-와 남돌 노래 떼창 잘 안 나오는데ㅋㅋㅋㅋ
-Resume는 양석훈이 띄운 곡이다.
-인정할 수밖에 없지.

-맞어ㅋㅋㅋ Resume 첨삭받아서 다시 부른 거 개웃긴데ㅋㅋㅋ
-헐 그런 건 어디서 봐요?
-자컨에 있음ㅋㅋㅋㅋ 오피셜 채널ㄱㄱ
-아 그거ㅋㅋㅋ 박자광인 구태환ㅋㅋㅋ 맞도리지.

그때쯤 사람들은 확신을 얻었다.
이거, 트랙순이다.
노래를 섞어서 부르기도 하고, 유명한 곡은 킬링 파트만 보여 주기도 하지만, 어느 한 곡도 빼먹지 않는다.
그렇게 〈Survival Tactics〉를 거쳐, 〈We made it〉에 도착했고, 7번 트랙이자 뮤직비디오로 제작된.

-스오마다!
-이건 제대로 불러 줘ㅠㅠㅠ
-음방 버전 말고 라이브 버전 듣고 싶어ㅠㅠㅠㅠ

스테이트 오브 마인드였다.
세달백일은 사람들이 원하는 걸 알기라도 한다는 듯, 스테이트 오브 마인드를 거의 풀 버전으로 소화했다.

-미친 라이브ㄷㄷㄷ

−저음질 뚫고 나오는 고기능성대 봐라.
−와 근데 얘네는 진짜 실력으로 깔 수가 없다 ㄹㅇ 케이팝 최고 재능이다.
−근데 웃긴 건 음원 후시 보정 논란이 있었다는 거ㅋㅋㅋㅋ
−그걸 뉴스가 해결해 준 것도 웃김ㅋㅋㅋㅋ
−오 이제 핀 포인트다.
−이거 좋지.

 하지만 8번 트랙이자 타이틀 곡인 핀 포인트는 노래의 거의 끝부분에서 무대가 시작되었다.
 정확히 따지자면 2절의 막바지에 있는 인터루드부터 시작되어서 후렴으로 바로 이어졌다.
 벌써부터 명반 취급을 받고 있는 〈The First Day〉에는 딱 한 가지 약점이 있긴 했다.
 이건 평론가들 대부분이 지적하는 부분인데, 앨범 구조상 9번 트랙부터 11번 트랙까지의 이지 리스닝 곡들의 배치가 이질적이라는 것이었다.
 특히 핀 포인트에서 이지 리스닝 곡으로 연결되는 연결고리가 헐겁다.
 핀 포인트는 테크노를 기반으로 한 화끈한 곡인데, 9번 트랙인 〈Holiday〉는 느릿하고 쫀득한 정통 R&B니까.

하지만······.

원래는 여기에 하나의 장치가 있었다.

그걸 앨범에 담지 못한 건, 시간이 촉박했기 때문이었다.

정확히는.

'내가 못해서.'

이이온이 내심 몇 주간 자책하고 있는 부분이었다.

한시온이 생각하는 명반의 첫 번째 조건이 인트로라면, 두 번째 조건은 트랙잭션이었다.

Transaction.

흔히 쓰이는 단어는 아니지만, 앨범에서 곡과 곡을 연결하는 걸 뜻했다.

좋은 앨범에는 좋은 트랙잭션이 있다고 말하는 게 과언은 아니다.

풀렝스 앨범을 들어 본 사람은 알겠지만, 하나의 노래가 끝나고 다음 노래가 시작되는 느낌이 소름 끼치도록 좋은 구간들이 있으니까.

특히 세달백일의 앨범처럼 주제부의 느낌이 확 바뀔 때 이게 필요했다.

원래는 이걸 이이온이 책임지기로 했었는데······.

'다음에 도전해요, 형.'

이이온은 녹음 기간 안에 해내지 못했다.

시간이 너무 촉박했으니까.

하지만 지금.

이이온은 그걸 해낼 것이었다.

앨범 활동을 하는 내내 잠을 줄여 가며 연습해 온 성과를 볼 시간이었다.

   * * *

핀 포인트가 공연될 즈음 해서, 꽤 많은 이들이 구남대 축제 라이브 스트리밍에 몰려들었다.

세달백일이 앨범 전 곡을 믹스해서 부른다는 소식이 실시간으로 퍼진 덕이었다.

처음 이 소식을 들은 사람들은 세달백일이 활동 곡 사이사이에 비활동 곡을 부를 거라고 생각했다.

하지만 실상은 정반대였다.

스테이트 오브 마인드를 제외한 활동 곡들은 최대한으로 축소되었고, 오히려 비활동 곡에 힘을 줬다.

보통의 경우에는 의아한 선택이지만, 이번에는 괜찮았다.

곡들이 좋았으니까.

-아니, 이런 곡을 너희들만 듣고 있었어? 이기적이네.

-;; 너도 앨범 사면 되잖아.

-ㅎㅎㅎ 방금 주문 완료.

-레주메랑 스오마 사이에 곡 뭐예요??? 플리에 넣고 싶어졌음

-서바이벌 택틱스랑 We made it입니다!

-아 두 곡이었어요?

-ㅇㅇㅇ 두 곡을 하나로 합쳤어요.

-저만 영상 당겨서 1번 트랙 무한 반복 중인가요? 구태환 너무 좋아ㅠㅠㅠ

앨범의 전 곡을 듣는 게 낯설어진 시대다.

그래서 가수들도 점차 정규 앨범의 트랙 수를 최소화하고 있었다.

하지만 세달백일은 본인들의 앨범에 대한 애정을 숨기지 않았다.

공감할 수 없다면 쓸모없는 자기애겠지만, 공감할 수 있다면 멋진 자부심이 된다.

-자기 앨범에 자부심 있는 거 보기 좋다.
-ㅇㅇㅇ 노래 좋네. 처음 발매됐을 때 찍먹해 볼걸.

그때쯤 핀 포인트가 시작되었다.

타이틀 곡을 노래의 거의 마지막 부분으로 시작하는 건 황당한 일이지만, 한시온의 매시업(여러 곡을 섞는 기술)은 놀라운 수준이었다.

너무나 자연스럽게 핀 포인트의 후반부가 스테이트 오브 마인드의 후반부와 연결이 된다.

모르고 들으면 원래 그런 노래인 것처럼.

메리 존스가 극찬했던 인터루드부터 시작된 노래가 나아간다.

이윽고 후렴에 닿았고, 후렴 뒤의 군무.

그리고 아웃트로.

앨범이 처음 발매됐을 때, 노래를 주의 깊게 들은 티티들은 이런 댓글을 많이 달았었다.

-핀 포인트에서 홀리데이로 넘어가는 부분 무한 반복 중.
-이온이 무슨 일이야!

이는 한시온이 핀 포인트와 홀리데이의 연결부에 신경을 썼음을 의미했다.

하지만 한시온의 의도는 실패했다.

아니, 이이온이 실패했다.

정확히 말하자면 의도를 달성할 시간이 부족했었다.

그래서 한시온은 애초에 의도했던 라인을 보다 쉽게 수정했고, 앨범에 수록했다.

한시온은 이게 적당한 성공이라고 생각했다.

어차피 그가 의도했던 건 너무나 어려운 방식이었으니까.

이이온은 실패했다고 자책했다.

안 그래도 앨범에 비중이 적은데 해내야 하는 역할조차 못해 낸 것이니까.

하지만 실패를 영원한 실패로 놔둘 이유는 없었다.

이이온은 앨범 활동 기간 내내 핀 포인트의 아웃트로를 연습했다.

앨범에 수록된 버전이 아닌, 오리지널 버전.

그게 지금 세상에 공개될 시간이었다.

🎵♪♪♪♪

흘러나오던 핀 포인트의 비트가 군무의 마지막 동작과 함께 확 옅어졌다.

비트가 옅어졌다는 표현은 이질적이지만, 그거 말고는 표현할 방법이 없었다.

사운드를 풍성하게 만들기 위해 추가되었던 이펙트들이 사라지고, 핵심 멜로디만 남았으니까.

이게 끝이 아니었다.

메리 존스가 작곡한 핵심 멜로디가 천천히 분해되기 시작한다.

메인 루프가 분해되고, 연결음들이 사라진다.

합성음이 단음으로 나뉘며, 곡을 전개하던 코드의 일부가 사라진다.

마치, 조각난 LP판으로 노래를 재생하는 것처럼.

그 순간, 이이온의 목소리가 등장했다.

EHm— EHmm

분해되어 가는 소리 사이로 이이온의 목소리가 스며든다.

어느 부분은 허밍으로.

우리-

어느 부분은 가사의 단어로.

Ehhmmm Tonight-

또 어느 부분은 단어와 허밍을 섞어서.

그렇게 이이온의 목소리가 옅어지고 흩어지는 멜로디에 생명을 불어넣는다.

앨범 버전에서는 이러한 행위가 〈Pin Point〉를 재현해 냈다.

즉, 흩어지는 소리 안에 목소리를 집어넣어서 핀 포인트의 메인 멜로디를 재현한 것이었다.

그리곤 천천히 페이드 아웃되는 듯하다가, 비슷한 코드로 시작하는 홀리데이로 연결이 된다.

사실 이것도 충분히 훌륭한 트랙잭션이었다.

만족을 못하는 한시온이나 이이온이 이상한 사람들일지도 몰랐다.

하지만 지금 보여 주는 건 그 이상이었다.

이이온은 핀 포인트의 메인 멜로디를 재현하고 있지 않았다.

새로운 음을 넣어서, 새로운 소리를 만든다.

"……!"

"홀리데이야!"

현장에 있던 티티들이 소리를 지른다.

홀리데이의 인트로가 들리기 시작했으니까.

눈앞에서 벌어진 일이지만, 마술과도 같은 일이었다.

옅어지고 흩어진 핀 포인트의 사운드에 이이온의 목소리를 불어넣으니, 홀리데이의 인트로가 되었다.

두 곡이 비슷한 코드 진행을 사용하긴 하지만, 이게 어떻게 가능한 일이지?

그것도 전혀 위화감이 없이.

그사이, 느긋하면서도 단단한 드럼 소리가 끼어든다.

이이온의 목소리가 여전히 이어지는 와중에 드럼이 들리고, 한 순간 비트가 확 터져 나온다.

그야말로 완벽한 트랙잭션이었다.

-우아아아아!
-와아아아악!

홀리데이의 경쾌한 비트와 관객들이 환호성을 배경 삼아, 구태환의 도입부가 출발한다.

오늘은 기분 좋은 날
Good day,
차에 시동 걸어

최재성이 만든 안무를 가볍게 추며 노래가 이어진다.

하늘은 파아란
구름은 새하얀

기분은 너와나

노래를 부른 이이온이 씩 웃으며 뒤로 빠진다.
Holiday, Summer Cream, Apiary.
이지 리스닝 3곡으로 앨범의 중후반부는 일반 대중들이 가장 좋아하는 구간이었다.
온새미로가 앞으로 나가고 이이온이 물러나는 구간에서, 한시온과 이이온의 눈빛이 마주쳤다.
두 사람은 서로를 쳐다보며 씩 웃었다.
'괜찮지?'
'완벽했어요.'
감정이 교환된다.
커밍업 넥스트를 촬영 중에 한시온은 세달백일 멤버들에게 C코드를 녹음시킨 적이 있었다.
그리고 그걸 한 번에 재생하니 유독 이이온의 목소리만 튀었다.
이러한 행위를 했던 이유는 이이온의 음색이 까칠해 묻어나지 않는다는 걸 증명하기 위해서였다.
어떻게 보면 잔인한 일이다.
하지만 음악에 진심인 한시온은 팀원들에게 문제를 고지할 수밖에 없었다.
그러나 당시의 한시온은 자신이 알고 있는 모든 걸 말

하진 않았다.
 이이온의 음색은 분명히 튄다.
 묻어나지 않는다.
 하지만 일정 수준 이상의 실력에 도달하면 이이온의 음색은 이렇게 부를 수 있게 된다.
 '독보적인 음색.'
 그러나 한시온은 이이온이 거기까지 닿을 수 없다고 생각했다.
 한시온조차 목소리로 정확한 음을 찍어 내는 데 오랜 시간이 걸렸다.
 회귀도 하지 않은 이이온이 각고의 노력으로 도달할 리 없다고 생각한 것이었다.
 그러나 한시온은 틀렸다.
 이이온은 여전히 앨범에서 많은 분량을 소화하지 못하고, 평범한 벌스를 부여받지 못한다.
 이이온의 목소리가 빛을 보기 위해서는 여전히 비트의 EQ를 건드려야 하고, 배치에 신경을 써야 한다.
 과거에는 이런 행위가 약점을 숨기기 위한 배려였다.
 그러나 이젠 다르다.
 장점을 부각시키기 위한 장치다.
 장치만 있다면 이이온의 목소리는 독보적인 음색이 될 수도 있으니까.

2집 앨범에서는 무리지만, 3집 앨범을 낼 때쯤이면…….

'이온 형의 목소리가 앨범의 색을 결정할 수도 있겠는데.'

한시온은 그렇게 생각했다.

이제 세달백일은 명반에 필요한 두 가지 요소를 품었다.

최고의 인트로를 만들어 내는 구태환.

최고의 트랙잭션을 만들어 내는 이이온.

그리고.

셀 수 없는 회귀를 통해서 최고 레벨에 도달한 보컬리스트가 있었다.

* * *

[구남대 축제 세달백일 직캠]
[오늘자 앨범 전 곡을 공연한 아이돌]
[행사 섭외했더니 앨범 콘서트 선보인 가수는?]

37분 동안 13곡을 부른 세달백일의 공연은 큰 화제가 되었다.

그동안 사람들이 기대했던 썸머 크림의 라이브 영상은 단숨에 큰 조회 수를 기록하기 시작했고.

하지만 이것뿐만은 아니었다.

[이게 가능해? 목소리로 멜로디 만드는 이이온]

이이온은 뛰어난 외모 때문에 한시온과 함께 세달백일에서 빠르게 부각된 멤버였다.

하지만 음악적으로 부각된 적은 없었다.

온새미로는 마스크드 싱어로, 최재성은 스테이지 넘버 제로로, 구태환은 도입부 장인으로 이름을 알리는 와중에도 말이었다.

그러니 오늘 직캠은 생각보다 파장이 컸다.

특히 아이돌 관련 커뮤니티를 통해서 조용한 듯 거칠게 퍼져 나갔다.

하지만 직캠이다 보니 믿지 못하겠다는 이들도 있었다.

-못했다는 건 아닌데 AR이 좀 많이 깔리지 않았을까?
-그치ㅎ 이게 100% 라이브라는 건 팬심 보정이지.

현장에서는 분명하게 분간이 되지만, 직캠 영상을 통해서는 AR과 목소리가 제대로 구분되지는 않으니까.

하지만 구남대 축제 다음날.

세달백일이 오랜만에 공홈의 스트리밍 방송을 켰다.

그리곤 대학교 축제에서 선보였던 것보다 더 디테일한 전 곡 라이브를 선보였다.

꽤 오랫동안 준비를 했던 듯, 의상까지 갈아입으며 본격적이었다.

게다가 구남대 축제처럼 별다른 멘트 없이 달려 나가는 게 아니라 곡에 대한 이야기를 많이 했다.

[어제 행사 때는 저희가 시간이 별로 없었어요. 그것도 타임 오버한 거라서 멘트 넣기가 힘들었어요.]

특히 한시온은 이이온의 트랙잭션에 대한 자세한 설명을 덧붙이기도 했다.

[사실 도미넌트 코드나 디미니쉬 코드는 강렬함을 위해 쓰이는 코드고, 트라이톤을 가져 불안함을 야기하거든요? 이온 형의 음색은 이런 부분에 있어서…….]

-무슨 말이야?
-알아들은 척해 줘. 저렇게 열정적인데.
-와 대단해!
-트라이톤!
-디미니쉬!

대부분은 이해하지 못했지만.

이날의 라이브는 다시 깔끔하게 편집되어서 세달백일의 오피셜 채널에 업로드가 되었다.

그렇게 슬슬 〈The First Day〉의 활동이 끝나 가고 있었다.

활동 종료가 성급하다는 말이 있기도 했다.

국내에서는 앨범 판매량이 주춤하지만, 외국에서는 오히려 주간 판매량이 늘었다.

이는 뒤늦게 유입되는 이들이 있다는 것이고, 아직 앨범이 충분한 생명력이 있다는 걸 뜻했다.

뿐만 아니라, '주춤한' 국내 판매량조차 어지간한 가수들의 앨범 판매량(초동 제외)을 압도하니까 말이었다.

하지만 어찌 됐든 세달백일은 결정했고, 팬들에게 반가운 소식도 전해졌다.

이번 주 안으로 팬 사인회 일정이 공지될 것이며, 최재성의 스테이지 넘버 제로가 끝나는 일정에 맞춰서 콘서트를 진행할 것이라고.

* * *

스테이지 넘버 제로는 프로그램 시작 당시에는 거창하게 설명했지만, 생각보다 단순한 포맷을 가지고 있다.

지역 예선이 끝나면 스테이지 넘버 100이다.

100이라고 해서 딱 100명만 남은 건 아니고, 비슷하게 분류된 이들이 있어서 130명쯤 됐다.

여기서 스테이지 넘버 50까지는 단체 곡 미션으로 진행이 되었고, 50에서 25로 떨어질 때까지는 듀엣 미션이었다.

말이 듀엣이지 일대일로 붙는 것과 다를 바가 없었다.

그렇게 도착한 스테이지 넘버 25.

여기서부터는 개개인이 솔로 가수로서의 역량을 보여줘야 하며, 슬슬 기획사의 영업 입질이 오는 시기이기도 했다.

최재성은 당연하게도 스테이지 넘버 25까지 안착했다.

방송에서는 최선을 다하는 것처럼 나왔지만, 솔직히 말하자면 너무 쉬웠다.

매일매일 한시온의 디렉팅을 받고, 구태환의 도입부, 온새미로의 고음, 이이온의 정확한 음계 합을 맞추는 최재성이었다.

어지간한 미션은 앨범을 녹음하기 위해 가이드를 뜨는 것보다 더 쉽다.

그리고 그쯤 해서 최재성은 한시온이 해 줬던 말을 이해할 수 있었다.

"우리 멤버들이 스넘제에서 공정하게 겨룬다면, 네가 가장 높이 올라갈걸?"

처음 커밍업 넥스트를 촬영할 때만 해도 최재성은 작은 육각형의 보컬이었다.
큰 단점은 없지만, 그렇다고 뚜렷한 장점이 있는 것도 아닌.
물론 세달백일 기준이긴 했다.
일반적인 아이돌 그룹의 멤버였다면 큰 육각형의 멤버로 불렸을 거다.
그런 최재성은 충실한 시간을 보내며 점차 육각형을 키워 나가기 시작했고, 스넘제에 출연했다.
서바이벌 프로그램은 수많은 돌발 상황과 변수들에 직면할 수밖에 없는 포맷이다.
게다가 최재성은 유명인이고, 다른 참가자들은 무명이다.
경쟁자를 배려하지 않으면 이기적으로 보일 수도 있다는 뜻.
당연히 최재성은 모든 걸 양보해야 했고, 상대방이 가장 자신 있는 분야에서 겨뤄야 했다.
늘 불리한 상황에서 노래를 불러야 했다는 말이었다.
하지만.
"최재성 참가자?"

"네?"

"대체 뭐예요? 원래 이런 것도 잘했어요?"

"운이 좋았습니다."

최재성은 어려움을 느끼지 못했다.

그래서 한시온의 말을 깨닫게 된 것이었다.

작은 육각형의 보컬은 '전체적으로 무난하네'라는 평가를 듣지만, 큰 육각형의 보컬은 '흠잡을 곳이 없네'라는 평가를 받는다.

이제 최재성은 후자였다.

그렇게 도착한 스테이지 넘버 25에서 최재성은 처음으로 온전히 본인이 하고 싶은 노래를 불렀다.

그들과 인연이 있는 크리스 에드워드가 작곡한 곡이자, 빌보드의 팝스타인 루드윅의 〈Be to love〉.

최재성은 마치 구태환처럼 도입부를 시작했고, 이이온처럼 정확한 음을 찍었고, 온새미로처럼 고음역대를 소화했다.

그리곤 이해할 수 없을 정도로 깊은 한시온의 표현력을 닮기 위해 노력했다.

그 결과.

"말도 안 돼요. 진짜."

"제가 올해 본 라이브 중에 최고였어요. 경연이 아니라 공연 같았어요."

"돈 내고 봐야 할 것 같다는 생각을 했어요."

심사위원들은 감탄을 숨기지 못했다.

아직 방송은 되지 않았지만, 모두 이번 무대가 스테이지 넘버 제로에서 최고의 무대가 될 거라고 확신을 하는 분위기였다.

그렇게 촬영이 끝나고, 매니저의 픽업을 기다리던 최재성은 NT 대표와 만나게 되었다.

NT 대표는 길게 이야기하지 않았다.

"주인공이 될 수 있다는 생각은 안 해 봤습니까?"

NT 대표의 사회적 위치와 나이를 생각해 보면 몹시 정중한 말투였다.

제안은 간단했다.

NT와의 소속사 계약.

세달백일 활동을 그만두라는 이야기는 아니었다.

그저 조금 더 본인 중심적인 활동을 하고 싶다면, NT와 함께하자는 것.

"세달백일이 정말 크루라면 말이지요."

계약서상 불가능하지도 않다.

세달백일 멤버들은 이번에 정산을 받게 되면서 계약서를 썼지만, 그게 소속 거취의 계약은 아니다.

함께 활동한 것에 대한 수익 배분에 대한 이야기만 있다.

즉, 거취는 자유기에 원한다면 세달백일을 탈퇴할 수도 있었고, 다른 일과 병행을 할 수도 있었다.

다른 멤버들은 어떨지 모르겠지만……

최재성은 본인의 마음이 흔들린다는 걸 느꼈다.

사람에게는 누구나 주인공이 되고 싶은 마음이 있다.

그리고 최재성은 그게 강하다.

그가 아이돌판에 뛰어든 것도 '나도 사랑받을 수 있는 사람'이라는 걸 부모님에게 증명하고 싶었으니까.

그의 부모님은 언제나 두 살 터울의 형만을 바라봤으니까.

최고의 재능을 가진.

하지만 냉정하게 돌이켜 보면 세달백일의 활동도 집에서의 상황과 크게 다르지 않았다.

그의 부모님이 형을 바라봤던 것처럼, 세달백일의 팬들은 형들을 바라본다.

특히 시온 형을 바라본다.

개인 팬이 가장 적은 것도 최재성이고, 세달백일에서 중요도가 가장 낮은 것도 최재성이다.

노래의 분량만 따지자면 이온 형이 가장 낮긴 하지만, 외부에서 바라보는 시선이 그렇다.

그래서 최재성은 흔들렸다.

심지어 NT 대표가 디테일하게 전해 준 계약 조건은 케이팝 시장을 잘 알고 있는 최재성이 보기에 굉장히 좋은 것이었다.

NT가 자신을 고평가하지 않는다면 내걸 수 없는 것이다.

"결정은 빠르게 해 주셔야 합니다. 결정만 빠르면 스넘제에서 우승까지 노려 볼 수도 있는 거니까."

그렇게 최재성은 혼란을 가진 채로 세달백일 숙소로 돌아왔다.

"어, 왔어?"

"잘했어?"

형들은 언제나처럼 친절했고, 최재성은 흔들리는 자신이 배신자처럼 느껴졌다.

하지만 내색하진 않았다.

"완전 잘했죠. 이러다가 우승할 분위기인데요?"

그러나 최재성의 변화를 눈치 챈 사람도 있었다.

눈치가 빠른 구태환도 아니고, 늘 멤버들을 굽어살피는 이이온도 아니고, 부정적인 감정에 민감한 온새미로도 아니었다.

음악을 제외하면 모든 것에 큰 관심을 두지 않는 것 같아 보이던 한시온이었다.

"최재성."

"네?"

"무슨 일 있어?"

"왜요?"

"시험에 든 사람처럼 보여서."

"……."

시온 형은 종종 신기하다.

세상에 무관심한 것처럼 보이지만, 핵심을 놓치는 걸 본 적이 없다.

사람들의 반응을 두려워하지 않으면서도, 눈과 귀를 만족시키는 방법을 알고 있다.

그러니 자신의 열등감과 결핍을 만족시키는 법도 알고 있을까?

최재성은 충동적으로 입을 열었다.

"형."

"왜."

"저도 주인공이 되고 싶어요."

"주인공? 힘들걸? 아니, 불가능하려나?"

역시 시온 형은 빈말을 하는 법을 모른다.

"형들 때문에? 아니면 시온 형 때문에?"

"그건 아니고."

"그럼요?"

"너 다음 스넘제 촬영 언제야."

"수요일이요."

"뭐 부를 예정이야?"

"피디님이 목록 줬어요. 그중 하나 불러야 해요."

"줘 봐."

스마트폰으로 곡 목록을 보여 주자 한시온이 턱을 쓰다듬다가 고개를 끄덕였다.

"편곡해도 되지?"

"원래는 프로그램에서 해 주죠. 참가자들에게 맡기는 건 위험 부담이 크니까."

"내가 한다고 하면 오케이 하지 않을까?"

"하죠."

현재 세달백일의 핫함을 생각해 보면, 세달백일의 한시온이 편곡을 해 준다는 걸 거부할 리가 없다.

"피디님한테 연락해 봐. 난 그동안 편곡 좀 하고 있을게."

"곡은 정했어요?"

"파도에 잠겨도. 이걸로 할게."

〈파도에 잠겨도〉는 2000년대 초반 케이팝 특유의 R&B 발라드였다.

최재성이 피디와 통화를 하고 작업실로 복귀하니, 어처구니없게도 시온 형은 벌써 가이드 트랙을 만든 상태였다.

시계를 보니 25분밖에 지나지 않았는데.

설마 대충했나 싶어서 노래를 들어 봤는데……

장난 아니다.

2000년대 초반 특유의 호소력 짙은 발라드가 일렉트로닉 사운드가 섞인 얼터너티브 R&B로 바뀌어 있었다.

도입부에 꽂히는 일렉트로닉 기타가 주선율을 만들고, 그게 곡 전체로 흩어져 있는데…….

'이게 이렇게 금방 할 수 있는 일이야?'

믿기지 않는 수준이었다.

"이거 불러."

"스넘제에서라도 주인공이 되라는 뜻인가요?"

"아냐. 불러 보면 알아."

한시온은 더 이상 설명하지 않았다.

그렇게 시간이 흘렀고, 수요일이 되었다.

* * *

스테이지 넘버 제로의 제작진은 연일 쾌재를 부르고 있었다.

프로그램이 잘되도 너무 잘된다.

이게 다 최재성과 세달백일 덕분이다.

편성 광고에서 세달백일로 어그로를 끌어서 초기 시청자를 확보했고, 1화에서 최재성의 무대가 하이라이트를 형성한 덕분에 시청률 방어도 쉬웠다.

심지어 1화가 방송될 당시에는 세달백일의 온새미로가 마스크드 싱어에서 큰 화제를 만들어 낸 직후였다.

세달백일이라는 공통 키워드 덕분에 그 화제성이 스넘제로 넘어온 것이었다.

하지만 그 무엇보다 마음에 드는 건……

'최대호가 졌지.'

세달백일이 최대호를 이겼다는 것이었다.

세달백일을 출연시키고 싶어 하는 방송국이 많아졌고, 섭외까지 이어진 곳들도 있다.

즉, 이제는 세달백일을 섭외했다고 최대호에게 복수당할 걱정을 접어도 된다는 것이었다.

이렇게 좋은 일만 가득한 상황이지만, 스넘제의 메인 피디는 고민이 하나 있었다.

'최재성이 더 할 수는 없나?'

바로, 최재성의 하차.

최재성은 톱 10에 들지 않기로 합의를 본 상태였다.

쉬운 자본주의의 논리다.

톱 10부터는 방송국도 프로그램의 인기보다 이윤을 추구해야 하는 시간이다.

그러니 톱 10 참가자들을 품을 소속사가 제작 협찬을 하고, 음원 정산 계약을 체결한다.

'너희 아티스트를 우리가 홍보하잖아'라는 방송국 논리를 통해서.

이런 상황에서 최재성이 톱 10에 드는 건 현실적으로 불가능하다.

그게 너무나 아깝다.

스념제 피디는 방송을 시작하기 전까지만 해도 최재성에 대해서 잘 몰랐다.

대부분이 그렇듯 세달백일 = 한시온이었고, 가장 잘생긴 이이온까지 알았다.

한데, 막상 프로그램이 진행되자 최재성은 어나더 레벨을 보여 주었다.

다른 참가자들이 아등바등 노력해도 최재성이란 벽에 부딪치면 형편없이 나가떨어진다.

우승 후보로 여겨졌던 주세찬이란 출연자가 있었다.

주세찬은 최재성과 한 세트로 묶인 적이 없었다.

팀 미션을 할 때도, 듀엣 미션을 할 때도, 소소한 미션을 수행할 때도.

전부 따로 진행되었다.

이런 상황에서 주세찬은 상당히 잘했다.

대진표상 한쪽에 최재성이 에이스였다면, 반대편에는 주세찬이 에이스인 상황.

실제로도 주세찬을 채 가기 위한 기획사들의 각축전이

꽤 치열한 편이었다.

최재성이 하차를 한다면 주세찬이 1등이 될 것 같은 분위기였으니까.

한데 두 사람은 마지막 듀엣에서 맞붙었고…….

'속된 말로 개발렸지.'

품위 없는 말이라는 건 알지만, 이것만큼 그날의 상황을 잘 표현할 말이 없다.

그냥 탈탈 털렸다.

두 사람이 함께 노래를 부르는데, 주세찬은 코러스였다.

결국 주세찬과 한참 계약 조건 조율이 오가던 NT의 요청에 따라 무대를 재촬영했다.

최재성과 주세찬을 떨어트려 놓는 대진으로.

그리고 NT는 결심을 내렸다.

자신들이 영입하려던 주세찬이 최재성에게 무참히 패배하는 걸 보고, 눈이 번쩍 뜨인 것이었다.

메인 피디가 알기로 지난 촬영에 NT가 최재성에게 영입 제안을 전달한 걸로 안다.

분위기는 반반.

긍정적인 건 아니었지만, 그렇다고 부정적인 것도 아니었다.

그래서 피디는 두 손 모아 기도하고 있었다.

제발 최재성이 NT의 품으로 들어가기를.

그렇게만 된다면 NT도 적절한 성의를 보일 거고, 최재성을 1등으로 만들 수도 있다.

아니, 만들 필요도 없지.

그냥 있는 그대로 보여 주면 된다.

메인 피디가 그런 생각을 하고 있을 때, 촬영장으로 들어오는 참가자들이 보인다.

오늘은 스테이지 넘버 15의 무대고, 탈락 인원은 7명.

총 8명이 생존하고, 패자부활전을 진행해서 탈락자들 중 2명을 끌어올려 줄 것이었다.

그렇게 스테이지 넘버 텐이 완성되는 것이었다.

"촬영 시작하겠습니다!"

FD의 외침에 메인 피디도 분분히 할 일을 찾아 이동했다.

그렇게 7시간이란 긴 시간이 흘렀고…….

"안녕하세요."

최재성의 차례가 되었다.

* * *

무대에 오른 최재성은 잠시 숨을 골랐다.

시온 형이 만들어 준 〈파도에 잠겨도〉는 원래는 그렇

게 어려운 노래가 아니었다.

흔히 말하는 소몰이 창법이 핵심이긴 하지만, 최재성 정도의 보컬이라면 어지간한 고음역대는 다 표현할 수 있다.

게다가 커밍업 넥스트 당시 소울 음악에 약점이 있다는 평가를 받았기에 부단히 노력하기도 했고.

하지만 이상하게도 이번에 시온 형이 준 편곡 버전은 부르기가 꽤 어려웠다.

주변에서는 잘 부른다고 하지만, 확신을 갖기 어렵다.

그러나 감정과 무관하게 노래를 부를 시간이다.

시온 형이 직접 친 일렉트로닉 기타로 노래가 시작했다.

대한민국 대중 가요계에서 오랜 역사를 가진 트로트는 사실 정확한 유래나 장르를 찾기 어려운 장르다.

한국의 민요에 서양의 블루스, 일본의 엔카가 이리저리 섞인 장르이기 때문이었다.

이와 마찬가지로, 한국의 2000년대 초중반의 음악씬을 주도했던 한국형 R&B는 사실 미디움 템포의 발라드에 가까웠다.

그 위에 R&B 특유의 소울 창법을 얹었기 때문에 사람들이 R&B라고 오해를 하는 것뿐.

그렇다면 미디움 템포의 발라드에 세련된 일렉트로닉

기타 리프가 메인 멜로디를 형성하면 어떻게 될까?

 엉덩이를 들썩하게 만드는 컨템포러리 록에 가까워진다.

 그 위로 최재성의 노래가 쏟아졌다.

하루를 살아도
너였어, 여전히 또

 가사와 비트가 안 어울리는 것 같지만, 중요한 건 아니다.

 생각보다 가사의 의미는 중요하지 않을 때가 많다.

 최재성은 경쾌한 리듬 아래 떠들썩하게 노래를 불렀다.

 담담히 짚어 가는 원곡의 느낌과는 다르게.

언제부터인가
가만히 밀려와

 세달백일을 잘 아는 이들이라면 최재성의 노래에서 구태환의 향기를 느꼈을 것이었다.

 첫 소절이 끝나고 2초가량의 공백에 기타 솔로가 불을 뿜는다.

최재성은 록스타라도 되는 듯 다리를 박자에 맞춰 까딱였고.

**내 몸을 적시는
파도-!**

곧장 고음을 터트렸다.
마치 온새미로처럼.
이 모습에 스테이지 넘버 제로의 참가자들이 눈만 꿈뻑거렸다.
최재성이 〈파도에 잠겨도〉를 부른다고 했을 때 떠올렸던 이미지와 완전 다르다.
이건…….
'반칙이잖아!'
한시온이 편곡을 해 줬다는 이야기를 들었을 때 부럽다고 생각했는데, 이젠 억울하다.
저건, 그러니까 저 노래는 누가 불러도 완벽한 노래가 아닌가?
반드시 최재성일 필요가 없이.

**메마른, 갈라진
두 손과 두 발**

날 휩쓰는 물결

사랑이란 감정을 파도에 비유한 최재성의 목소리는 경쾌하지만, 어딘지 모를 쓸쓸함이 있었다.

이는 최재성이 한시온에게 배운 것이었다.

한시온은 정말 많은 것을 할 수 있는 보컬이지만, 최재성이 가장 놀라는 건 표현이다.

아마 한시온은 욕설로 된 가사를 불러도 사랑의 감정을 전달할 수 있을 것이었다.

최재성은 거기까지 닿진 못했지만, 그래도 뛰어난 표현력을 갖추게 되었다.

얼굴을 덮은 듯
숨이 막혀 와
Breathe, Slowly

최재성의 노래를 듣고 있던 심사위원들은 상반된 감정을 느꼈다.

가수 출신의 심사위원들은 저 노래를 내가 부르고 싶다고 생각했다.

동시에 최재성보다 잘 부를 수 있을지를 떠올렸다.

솔직히 잘 모르겠다.

특정 부분에서 최재성보다 뛰어날 순 있겠지만, 저 밸런스를 어떻게 이긴단 말인가?

반대로 작곡가 출신 심사위원들은 당황스러웠다.

만약 자신에게 〈파도에 잠겨도〉의 편곡 요청이 들어왔다면?

클라이언트가 100가지의 편곡 버전을 요청했어도…….

'이런 식으로 노래를 바꿀 생각을 했을까?'

못했을 것 같다.

100가지가 아니라, 1,000가지의 편곡 버전을 만들더라도 이렇게는 안 했을 것 같다.

원곡 멜로디를 거의 손대지 않으면서도 주선율을 형성하는 저 미친 기타 리프는 대체 어떻게 친 거란 말인가?

우울하고, 억울하다.

세상 참 불합리하다.

한시온은 대체 어떻게 저런 작곡 능력을 키운 걸까?

그런 생각을 하는 와중에도 최재성의 노래는 나아갔다.

그는 강렬한 기타 리프에 이이온처럼 음을 꽂아 넣었고, 온새미로처럼 고음역대를 소화했다.

구태환의 리듬감을 토대로, 최재성 본인의 밸런스를 보여 주었다.

파도에- 잠겨도--
숨을 쉴 수 없어도
좋아, 너라서--

  2000년대 초반 특유의 약간 유치한 감성의 가사가 장난치듯 진심을 담은 사랑 고백처럼 들린다.
  '이건 못 이기겠는데.'
  '최재성 하차하는 거 맞지?'
  '씨발. 앨범도 잘 팔면서 오디션 프로그램은 왜 나와 가지고.'
  참가자들은 그런 생각을 하고.
  '뭐라고 심사평을 해야 하나.'
  '피디가 가능하면 아쉬운 점도 지적해 달라고 했는데.'
  '이거 지적하면 나만 막귀 될 텐데?'
  심사위원들은 이런 생각을 했다.
  하지만 스넘제의 메인 피디는 달랐다.
  '표정이 왜 저러지?'
  평소 최재성이 노래에 몰입했을 때 보여 주는 표정이 아니다.
  어딘지 불만스러운 느낌도 있고, 아쉬운 느낌도 있다.
  저런 무대를 하면서 지을 표정이 아니다.
  그렇게 후렴을 끝낸 노래가 2절에 도달하는 순간이었다.

"……?"

"……!"

갑자기 최재성이 노래를 멈췄다.

우뚝 서서 노래를 부르지 않는다.

오디션 프로그램을 연출하다 보면 참가자들이 실수하는 건 자주 나오지만, 그것도 분위기를 타는 거다.

노래가 100% 숙지되지 않은 것 같은 아슬아슬한 느낌을 주던 참가자들이 꼭 실수를 한다.

하지만 최재성은 전혀 아니었다.

그래서 3~4초가량의 공백이 꼭 의도된 것처럼 느껴졌다.

이윽고, 최재성이 환하게 웃었다.

실수를 한 사람의 얼굴이라고는 믿기지 않을 만큼 환하게 웃은 최재성이 마이크를 잡았다.

그리곤 노래를 불렀다.

마지막을 살았어도
역시 너였어
이미 날 가득히
적시고 채워

2절의 가사가 1절과 대구되는 건 2000년대 초중반 한국형 알앤비의 특징이었다.

　최재성은 갑자기 개운해진 얼굴로 노래를 불렀다.

　한데 1절과 느낌이 사뭇 다르다.

　노래 중간중간 구태환도 느껴지고, 온새미로도 느껴지고, 이이온도 느껴지는 게 싹 사라졌다.

　모든 구간이 최재성이다.

　그게 더 좋냐면 잘 모르겠다.

　그게 더 나쁘냐면, 그건 또 아니다.

　그냥 갑자기 다른 사람이 노래를 부르는 것 같았다.

　참가자들과 심사위원들이 혼란함을 느끼든 말든, 최재성은 노래를 마무리했다.

　이윽고 최재성이 후련한 얼굴로 심사위원 앞에 서자, 누군가 질문을 던졌다.

　"최재성 참가자."

　"예."

　"왜 노래를 부르다 멈췄어요? 실수는 아닌 것 같았는데."

　"그냥……. 이 노래를 가장 잘 부를 방법이 떠올라서 저도 모르게 멈췄습니다."

　"혹시 그 방법을 2절에서 보여 준 건가요?"

　"아뇨, 아닙니다. 할 수 없다는 걸 알아서 제 색깔로 부르려고 노력했습니다."

심사위원들은 최재성의 말을 정확히 이해하지 못했고, 최재성도 그들을 납득시킬 생각은 없었다.

 그 뒤로 심사평이 이어졌고, 최재성은 묵묵히 고개만 끄덕였다.

 그렇게 모든 참가자들의 무대가 끝나자, 합격과 탈락 인원을 가리기 전의 인터뷰 시간이 찾아왔다.

 이때 스넘제의 메인 피디가 최재성을 불러냈다.

 카메라도 없이 만난 두 사람의 대화의 시작은 질문이었다.

 "어떻게 할 겁니까?"

 피디가 던진 질문의 뜻을 최재성이 모를 리가 없었다.

 NT의 제안을 수락하는 게 아니라면 여기까지라는 의미.

 분명 어제까진 흔들렸었다.

 하지만 지금은 아니었다.

 "자진 하차하겠습니다."

 "결정을 확실히 내린 건가요?"

 "그렇습니다."

 "아쉬움 때문에 하는 말인데, 시청자들은 썩 좋아하지 않을 거예요. 비난하는 사람도 있을 거고."

 "알고 있습니다."

 최재성이 스테이지 넘버 제로에 출연한 건, SBN과 세달백일 사이의 거래였다.

　SBN은 세달백일을 이용해서 프로그램의 화제성을 만들어 낸다.

　세달백일은 SBN을 이용해서 최대호의 영향력을 흐트러트린다.

　두 집단의 이해관계가 맞아떨어졌고, 결과도 좋았다.

　덕분에 음악 방송에까지 출연할 수 있었고.

　하지만 시청자들이 보기에는 최재성이 기회주의자처럼 보일 것이다.

　세달백일이 성공하기 전에 출연했다가, 성공하자마자 하차하는 것처럼 보이니까.

　특히 톱 10 직전에 하차한다는 건 간절하지 않다는 것이다.

　간절하지 않다는 건 다른 참가자들의 간절함을 무시하는 것처럼 보일 수가 있다.

　혹은 프로그램 전체의 기획 의도를 무시하는 것처럼 보일 수도 있고.

　이게 다 세달백일이 지나치게 성공한 탓이었다.

　최재성은 언더독이 아니라 탑독이 되었고, 대한민국의 탑독에게는 예의와 겸손이 요구되니까.

　"원한다면 마지막 무대에서 탈락하는 걸로 그려 줄 수도 있어요."

"그럼 제작진이 욕먹지 않을까요?"

"오디션 프로그램 제작진 중에 욕 안 먹어 본 사람이 있겠어요?"

최재성이 훌륭한 무대를 선사했음에도 탈락한다면, 시청자들의 화살은 제작진으로 쏠린다.

그럼 최재성은 무죄.

물론 피디가 호인이라서 이런 제안을 하는 건 아니었다.

요즘 세달백일의 콘텐츠 파워를 생각해 보면, 빚을 지워 두는 게 의미가 있다.

다음 프로그램을 론칭할 때 세달백일이 출연하면 최상이고.

하지만 최재성은 고개를 저었다.

"탈락하고 싶지 않습니다. 그럼 세달백일 멤버가 탈락하는 거잖아요."

"흠……."

피디는 아쉬워했지만, 최재성은 아쉽지 않았다.

오늘 깨달았다.

자신은 주인공이 될 수 없다는 걸.

그리고 그게 꼭 아쉬운 일은 아니라는 걸.

"그동안 감사했습니다."

* * *

촬영을 끝낸 최재성은 세달백일의 숙소로 돌아왔다.

문을 열고 들어가니, 거치되어 있는 카메라와 소파에 앉아 있는 멤버들이 보인다.

카메라 각도를 보아하니, 소파를 정면으로 잡고 있는 듯했다.

"카메라 뭐예요? 우리 뭐 찍어요?"

"왔어?"

한시온이 자리에서 일어나더니 최재성을 소파로 잡아끌었다.

그리곤 스마트폰을 조작해서 노래를 틀었다.

〈파도에 잠겨도〉의 인트로가 흘러나오기 시작했다.

설명도 없었고, 상의도 없었다.

구태환이 다짜고짜 노래를 부른다.

하루를 살아도
너였어, 여전히 또

구태환의 도입부는 최재성이 상상했던 그대로였다.

아니, 상상보다 더 좋았다.

구태환의 노래를 이어받는 건 아주 자연스럽게도 최재

성이었다.

**언제부터인가
가만히 밀려와**

그 뒤로 온새미로가 갑작스러운 음역대 변화를 형성하고.

**내 몸을 적시는
파도-!**

이이온이 정확한 음계를 찍어 일렉 기타 연주 사이로 스며든다.

**메마른, 갈라진
두 손과 두 발
날 휩쓰는 물결**

전부 최재성이 상상했던 그대로였다.
한시온은 얼마 전에 최재성에게 주인공이 될 수 없다고 말했었다.

"저도 주인공이 되고 싶어요."
"주인공? 힘들걸? 아니, 불가능하려나?"
"형들 때문에? 아니면 시온 형 때문에?"
"그건 아니고."

하지만 이유를 알려 주지 않았다.
이유를 깨달은 건 오늘, 무대 위에서였다.
모든 가수들은 노래를 어떻게 불러야지 하는 확실한 플랜을 가지고 무대에 임한다.
최재성에게도 그게 있었다.
하지만 노래를 부르면서 알게 되었다.
이 노래의 정답은 정해져 있다.
인트로는 구태환처럼 불러야 하고, 고음역대는 온새미로처럼 불러야 한다.
합성음으로 코드를 만들 때는 이이온의 능력이 필요하고, 한시온의 표현력이 필요하다.
하지만 최재성은 최재성이다.
구태환도 아니고, 이이온도 아니고, 온새미로도 아니다.
한시온은 더더욱 아니고.
아무리 멤버들을 따라 한다고 해도 그 자체가 될 수는 없었다.

그래서 최재성은 주인공이 될 수 없었다.

이 노래의 주인공은 세달백일로 정해져 있으니까.

이 노래뿐만이 아니다.

그들이 만들고 부르는 모든 노래의 주인공은 세달백일이다.

어느새 그들은 '나'보다 '우리'가 익숙한 사람들이이었다.

하지만 최재성이 없으면 주인공도 존재하지 않는다.

세달백일 안에는 명백히 최재성의 역할이 존재했으니까.

한시온은 그걸 알려 주려고 했었고, 최재성은 그걸 깨닫고 시원하게 웃은 것이었다.

그리고 지금.

그들이 숙소의 거실에서 아무렇게나 부르는 노래가 최재성이 무대 위에서 상상했던 '정답'이었다.

주인공들이 부르는 노래였다.

노래가 끝나자 한시온이 물었다.

"이유를 알았나 보네."

"최재성보다 세달백일의 최재성이 노래를 더 잘하더라고요."

한시온이 고개를 갸웃했다.

"아닌데? 내가 주인공이라는 말이었는데."

"……."
"농담이야."
"농담인 걸 아는데 순간 배신감을 느꼈어요."
한시온이 피식 웃더니, 최재성의 어깨를 툭 치며 말했다.
"그 감정이면 됐어. 이제 가서 우승해."
"네?"
"스넘제 가서 우승하라고. 내일 나랑 같이 피디님 만나서 하차 번복하고."
"그게 무슨 말이에요?"
"난 진짜 이해가 안 가는데, 왜 꼭 제작 협찬을 기획사만 할 수 있다고 생각하지?"
"……!"
놀란 최재성이 더듬더듬 입을 열었다.
"하지만 형이 톱 10에 들긴 힘들 거라고……."
"그냥 긴장하지 말라고 해 준 말이었는데. 처음부터 우승을 노리면 오버할 수도 있으니까."
슬쩍 웃은 멤버들이 말을 보탰고.
"우승 못하면 죽일 거야."
"새미로. 부담 주면 안 돼."
"그래도 우승을 못하면 좀……."
최재성이 단단히 대답했다.

"그전에 창피해서 죽을걸요."

* * *

최재성의 하차는 번복됐다.

세달백일의 법인 기업인 SBI는 정식으로 SBN과 제작 협찬 계약을 맺었다.

"이름도 비슷하고, 뭔가 느낌이 좋네요."

피디는 쓸데없는 말을 하며 기뻐했지만……

솔직히 말만 협찬이지, 조건만 따지고 보면 양아치가 따로 없다고 생각한다.

그럼에도 불구하고 우리의 조건은 다른 회사의 조건보다 후할 확률이 높다.

참가자의 유명세를 사려는 게 아니기 때문이었다.

보통 엔터테인먼트에서 오디션 프로그램에 수익을 쉐어하는 건, 프로그램 덕분에 참가자가 스타덤에 올랐다는 걸 인정하기 때문이었다.

하지만 최재성의 경우에는 이야기가 다르다.

자질구레한 설명을 하지 않아도 스넘제 덕분에 세달백일이 유명해졌다는 건 말도 안 된다.

최재성 개인으로 한정하면 어느 정도 영향력이 있긴 하겠지만, 결국 최재성은 세달백일 멤버다.

그래서 방송국도 무리하지 않는 선에서 조건을 조율했고.

계약을 하면서 재미있는 이야기도 들었는데, 톱 10 참가자들 중에 우리 회사에 관심 있는 이들이 꽤 많다고 했다.

협찬 계약 말고 수익 쉐어 계약을 맺으면 참가자들과의 연결도 가능할 거라고 했다.

하지만 데뷔 1년도 되지 않은 우리가 다른 가수를 키운다는 건 어불성설이다.

물론 이런 제안을 한다는 것 자체가 세달백일이 뭔가 다른 존재라는 증거니, 기분 나쁠 일은 아니지.

아무튼 최재성의 스넘제는 이 정도로 마무리가 될 것 같다.

스넘제는 숙소 생활이 없는 프로그램이라서 더 이상 신경 쓸 게 없다.

이제 우리가 신경 쓸 건 딱 세 개다.

하나는 셀프 메이드 촬영.

둘은 콘서트.

셋은 팬 사인회.

첫 번째와 두 번째는 천천히 진행될 일이고, 세 번째는 이제 시작될 거다.

* * *

드롭 아웃에서 세달백일로 최애를 바꾼 최세희는 최근 현생이 바빠서 어떻게 시간이 가는지 모를 지경이었다.

원래 현생이 바쁘면 덕업이 미뤄지기 마련이다.

물론 그렇다고 아예 덕질을 멈췄던 건 아니고, 공계랑 공홈은 주기적으로 방문했다.

이틀 전에 세달백일이 출연한 라디오도 들었고, 이런저런 콘텐츠를 챙겨 보기는 했다.

하지만 다른 팬들과 다르게 팬 사인회를 초조하게 기다리지도 않았고, 참여했던 설문 조사도 잊고 살았었다.

아니, 잊었다기보다는 뇌 한구석으로 미뤄 놓았다는 표현이 맞는 것 같다.

그러니 현생의 바쁨이 해결되는 순간 곧장 의문이 떠오른 것이었다.

'근데 팬 사인회는 언제 하는 거야?'

그 순간이었다.

[혹시 저희가 최세희 님을 초대해도 될까요?]

어설픈 어플에서 떠오른 알림이었다면 100% 광고라고 생각하고 넘겨 버렸을 것이었다.

그도 아니면 어플을 지워 버렸을 수도 있고.
하지만 아니었다.
세달백일이 다른 건 몰라도 공식 색에 진심이라는 걸 반영하듯, 딥블루 색으로 영롱히 빛나는 알림.
이거, 공홈 어플 알림이다.
최세희는 허겁지겁 알림을 눌렀고, 이윽고 세 가지 선택 사항을 볼 수 있었다.
거창한 선택지는 아니었다.
그냥 시간이 적혀 있었을 뿐.

10월 21일 - 토요일 5시
10월 22일 - 일요일 2시
10월 28일 - 토요일 4시

장소는 이미 서울 모처의 컨벤션 센터로 정해진 듯, 선택 사항이 아니었다.
어차피 서울에 살고 있기 때문에 바꿀 이유도 없었고.
최세희의 머릿속에 가장 먼저 떠오른 생각은 지극히 덕심이었다.
'셋 다 가면 안 돼?'
하지만 그건 안 되는 듯했다.
결국 본인의 스케줄을 확인한 최세희는 10월 21일로

결정했다.

22일도 가능하긴 하지만, 기왕이면 하루라도 빠른 게 좋으니까!

게다가 일요일보다 토요일이 더 즐겁다.

하지만 최세희는 21일을 선택하면서도 이게 최종 사항일거라는 생각은 아예 안 했다.

팬 사인회는 그렇게 쉽게 갈 수 있는 게 아니다.

뭔가를 해야 하거나, 인증을 하거나, 돈을 써야 할 거다.

아무리 세달백일이 많은 부분에서 독자 노선을 탄다고 해도, 이건 아이돌 산업 근간의······.

"엉?"

하지만 최세희는 이윽고 당황스러운 화면을 볼 수 있었다.

준비물부터 해서 찾아오는 길과 이런저런 안내 사항.

설마 참가 확정이라고?

"아무것도 안 했는데?"

최세희와 똑같은 반응이 세달백일 팬덤 사이에서 당황스럽게 퍼져 나가기 시작했다.

당연히 각자의 정보가 교환되었고, 정보를 교차 검증하면서 팬 사인회에 대한 약간의 추측이 나왔다.

일단 가장 확실한 건, 1기 팬클럽이 우선이라는 것이었다.

2기 중에도 팬 사인회에 확정된 이들이 없는 건 아니나, 알림이 간 날짜가 다르다.

아마 1기가 날짜를 픽스 하고, 남은 자리에 2기가 들어간 것 같다.

또 하나는 팬 사인회는 앨범의 구매량과 정말 무관한 것 같다는 것이었다.

티티 1기와 2기는 성향이 살짝 다른 부분이 있다.

자세히 설명하자면 1기는 초탈의 단계고, 2기는 부정의 단계다.

이게 무슨 말이냐면, 1기는 세달백일이 기존 아이돌 노선과 완전히 다르다는 걸 인정했다.

마음에 안 드는 부분도 많다.

하지만 반대로 마음에 쏙 드는 부분도 많다.

그래서 1기는 이제 세달백일을 자신들의 기준에 맞춰 바꾸려 하기보다는 있는 그대로 바라보게 되었다.

그도 그럴 만한 게, 1기는 커밍업 넥스트의 종영 직후부터 너무나 많은 일을 목격해 왔다.

음악 방송은 못 나가고 인디 씬을 돌아다녔으며, 랜덤 플레이 댄스 대신 랜덤 플레이스 버스킹을 진행했다.

예능에 나가길 원했더니 컬러 쇼에 나가고, 티저를 6개로 쪼개서 공개했다.

예상대로 가는 게 하나도 없었다.

그러나 세달백일은 명확한 기준을 가지고 나아갔다.

그래서 초탈한 것이었다.

'그냥 우리 애들이 행복하면 됐어.'

이게 전체적인 스탠스였고, 오히려 이번에는 세달백일이 어떤 뜬금없는 모습을 보여 줄지를 기대하는 이들도 생겨났다.

그에 반해 2기는 아직 세달백일을 '일반 아이돌' 기준에 맞춰서 보는 경향이 있다.

2기 모집은 첫 번째 음악 방송 전후를 기점으로 시작했고, 첫 음방 1위를 기록할 때 마감했다.

그러니 2기에게 세달백일은 셀프 프로듀싱을 거창하게 하는 아이돌에 가까웠다.

물론 머리로는 세달백일의 컬러가 전혀 다르다는 걸 알지만, 와닿지 않는다는 것이었다.

이런 상황에서 티티 2기 중에는 '말만 저렇게 하고 결국 팬 사인회는 구매 순으로 뽑을 거야.'라며 수십 장을 구매한 이들이 있었다.

한데, 그런 이들 중에 팬 사인회에 들지 못한 이들이 있다.

3~4장을 사서 붙은 이들이 있고, 4~50장을 사서 떨어진 이들이 있다는 건, 명백히 앨범 구매량과 무관하다는 것이었다.

이쯤해서 세달백일의 공홈에 1기가 먼저 선발됐으며, 2기를 위한 추가 일정이 있을 거라는 공지를 올렸다.

-세달백일 좀 관종 같지 않아?
-약간? 대체 뭐 하려는지 모르겠어ㅎㅎ 1기를 거의 다 부르는 것 같던데.
-그 인원으로 뭐가 될까?
-그냥 사진만 찍게 해 주고 끝날 듯.

 세달백일을 아니꼽게 보는 타 그룹의 팬덤들은 이런 반응을 보였지만, 그들도 내심 알고 있었다.
 세달백일이 뭔가를 할 때면 허술한 기획으로 하는 팀이 아니라는 걸.
 그렇게 시간이 빠르게 흘러 10월 21일이 다가왔다.
 세달백일의 팬덤이 아니더라도 대체 팬 사인회에서 뭘 하는 건지 궁금한 이들이 SNS를 기웃거리는 사이.
 팬 사인회에 도착한 최세희는 당황했다.
 보통의 컨벤션 센터보다 몇 배는 커 보이는 건물이 웅장하다.
 입구에는 MICE 센터라고 적혀있는데, 무슨 뜻인지 몰라도 컨벤션 센터보다 한 단계 위의 건물 같다.
 하지만 그녀를 진짜 당황하게 만든 건, 세달백일이 이

큰 건물 전체를 임대한 것 같다는 것이었다.

왜냐 하면…….

"최세희 님은 2층 왼쪽 끝에 있는 CASE홀로 가시면 됩니다."

팬클럽 아이디카드를 확인한 팬 매니저들이 인원을 분배하기 시작한 것이었다.

* * *

내가 팬에 대해 가지고 있는 감정은 보통의 가수들과는 확실히 다르다.

솔직히 고백하자면 회귀 초창기에는 팬들에게 화가 났었다.

변함없이 좋은 음악을 내고 있는데 대체 왜 판매량이 떨어지는 걸까.

날 영원히 사랑할 것처럼 비명을 지르던 이들도 5년이 지나고, 10년이 지나면 왜 날 떠나는 걸까.

날 구원할 수 있는 건 당신들밖에 없는데, 그래서 난 당신들을 간절히 원하는데.

왜 내 간절함에 응답해 주지 않는 걸까.

어떻게 보면 화가 났다기보다는 서운한 거다.

그래서 팬들에게 심통을 부린 적도 있었다.

어차피 언젠가는 떠날 거면서 영원을 외치는 게 날 슬프게 해서.

지금 생각하면 정말 부끄럽지만, 그냥 삐졌던 거다.

뭐, 회귀 초창기 이야기니까.

정신적으로 여물기 전이다.

하지만 그 뒤로 셀 수 없는 시간을 보내면서 깨달았다.

악마의 말이 맞다.

누군가를 열과 성을 다해 응원한다는 건, 그 자체로 숭배이며 공양이다.

팬들은 본인들의 삶을 태워서 날 숭배하는 거다.

그 숭배가 영원하지 않다고 화를 내는 건, 날 위해 영원히 희생하지 않았다고 서운해하는 것과 같은 이기심이다.

심지어…….

난 언젠간 사라지니까.

내가 사라진 세계에서 팬들은 어떤 모습일까.

나의 죽음에 슬퍼할까?

아니면 나의 실종을 흥미로운 미스터리처럼 취급할까?

잘 모르겠다.

겪어 보지 않은 상황에 대해서 알 수 있는 건 그리 많지 않으니까.

내가 확실히 알고 있는 건 두 가지다.

난 존재하는 한, 영원히 숭배할 수 있는 존재가 되어야 한다.

약점을 보여서도 안 되고, 음악적으로 삐끗해서도 안 된다.

신비주의 컨셉으로 지내겠다는 말이 아니다.

나의 사생활을 얼마든지 오픈해도 내 음악이 숭배할 만한 것이라면, 팬들은 숭배한다.

그걸 배웠다.

부모님의 이슈가 아무리 거대하게 터져도, 결국 음악이 좋으면 팬들은 음악에 대해서 이야기한다.

또 한 가지는 내 마음이 짝사랑이라는 걸 인정해야 한다는 것이다.

팬들은 날 버릴 수 있고, 외면할 수 있다.

날 좋아하다가도 날 떠나서 다른 가수를 좋아할 수도 있다.

아니면 나에게 침을 뱉고 떠날 수도 있다.

하지만 난 그럴 수 없다.

나를 구원해 줄 수 있는 이는 내 음악을 숭배하고, 내 앨범을 사 주는 팬들밖에 없으니까.

난 영원히 내 마음을 전달할 수밖에 없다.

그래서 오늘의 자리를 마련됐다.

돈 한 푼 벌지 못하는 팬 사인회 기획에 동의해 준 멤버들의 심정은 어떤지 모르겠다.

어쩌면 2집 앨범을 낼 때는 좀 더 효율적인 방법이면 좋겠다고 이야기할 수도 있겠지.

하지만 적어도 오늘은 아니다.

그런 생각을 하고 있을 때, 스태프가 신호를 보낸다.

인이어를 통해 간주가 흘러나오기 시작한다.

첫 노래로 뭘 부를지 고민을 할 필요는 없었다.

우리는 이미 설문 조사를 통해서 어떤 팬들이 누굴 만나고 싶어 하며, 어떤 노래를 듣고 싶어 하는지 봤으니까.

그래, 우리는 각자의 홀에서 각자의 팬을 만난다.

그리곤 다 함께 모일 거다.

내 팬이 가장 많다는 건 부정할 수 없어서, 350명이 입장할 수 있는 가장 큰 홀이 내 차지다.

이들이 나한테 가장 듣고 싶은 노래는 서머 크림이었고, 두 번째는 레주메였다.

한데, 세 번째가 좀 재밌다.

SINCE의 〈장난친 적 없어〉.

커밍업 넥스트에서 포지션을 결정할 때 불렀던가?

내가 이런 장난기 가득한 노래를 부른 적이 없어서 그런지, 이게 무려 3위를 차지했다.

가로등 아래서나 낙화 같은 솔로 곡을 제치고서.

내 노래도 아니고, 세달백일 노래도 아니지만 상관없다.

내가 갑자기 스테이지 위로 등장하자 350명이 3,500명이라도 되는 듯 소리를 지른다.

그렇게 팬 미팅에 가까운 팬 사인회가 시작되었다.

* * *

CASE홀에 모인 이들은 주변을 훑어보면서 그들이 한시온의 팬이라는 걸 알게 되었다.

소속사에서 치어풀 크기를 제한했기 때문에 조그마한 치어풀을 들고 있는 이들이 많았는데, 대부분 한시온의 이름이 써져 있다.

'그렇다는 건······.'

이 홀에서는 한시온의 팬 사인회가 진행된다는 거다.

입구에서 보니까 MICE 센터에는 CASE 말고도 ECO, PAPER 같은 다양한 홀들이 있었다.

그렇다면 거기서는 다른 멤버들의 팬 사인회가 진행되는 거다.

이들의 추측을 확신으로 바꿔 준 것은 텅 빈 무대 위에서 익숙한 전주가 흘러나오면서였다.

신스의 〈장난친 적 없어〉.

커밍업 넥스트 방영 당시, 대중들에게는 '한시온은 이런 것도 잘하네.' 정도의 반응으로 끝났던 곡.

하지만 아이돌 팬들 사이에서는 아니었다.

이 무대는 꽤 화제가 됐었고, 이 노래를 통해서 한시온에게 입덕한 이들이 많았다.

그도 그럴 게, 원곡 초월이다.

원곡은 천년덕심도 식을 만큼 과장된 끼를 부리지만, 한시온은 선을 완벽하게 지켰다.

그러면서도 7명의 분량을 완벽하게 소화했다.

아직도 심심하면 돌판 커버계의 레전드로 클립이 떠돌아다니니까.

그 순간이었다.

마침내, 한시온이 무대 위로 등장했다.

350명의 비명 소리를 헤치고 나온 한시온이 씩 웃으며 춤과 노래를 선보인다.

가벼운 스킨십, 과격한 농담
지루한 표정 연기로 함께 보내는 시간

여전히 신스의 안무를 크게 바꾼 건 아니다.

이런 건 자칫 잘못하면 선배돌에 대한 조롱으로 보일 수 있으니까 조심해야 한다.

하지만 핵심 안무를 그대로 두면서 추가한 동작이나, 박자를 다르게 타는 부분이 눈에 확 들어온다.

'생각해 보면…….'

한시온은 진짜 이상하다.

처음 한시온이 매스미디어에 등장했을 때만해도, 많은 사람들이 아이돌과 어울리지 않을 거라고 했었다.

그도 그럴 게, 사람들에게 한시온이란 이름을 처음 알린 노래가 멜리즈마의 〈Tony Bright〉였으니까.

1940년대에 발매된 델타 블루스를 시카고 블루스로 편곡한, '힙시온'이라는 별명을 가져다준 노래.

하지만 그게 한시온의 끝이 아니었다.

까도 까도 끝을 모르는 재능이 있다.

노래, 작곡, 편곡, 컨셉츄얼까지 못하는 게 없다.

심지어 춤도 잘 춘다.

노래와 다르게 춤은 본인만의 아이덴티티가 있는 건 아니지만, 소화력 하나만큼은 끝장난다.

하지만 한시온의 팬들은 재능 때문에 한시온을 좋아하는 게 아니었다.

한시온에게는 특별한 게 있다.

정확히 말하자면, 무대 위의 한시온에게는 특별한 게 있다.

아무 것도 아닌 척 했지만 난-
단 한 번도
장난친 적 없어

무대 아래에서는 일견 모든 것에 무관심한 것처럼 보인다.
우울하게 보일 때도 있고, 무심하게 보일 때도 있다.
하지만 무대에 오르는 순간 모든 것이 바뀐다.
지금의 무대를 실패하면 죽어 버릴 것처럼.
이번 노래가 인생의 마지막에 부르는 것처럼.
그렇게 모든 것을 불태워 버리는 모습.
그게 진짜 한시온을 좋아하는 이유였다.
그리고 그건 한시온이 기나긴 회귀 중에 버티는 원동력이기도 했다.
무대 위의 최선과 무대 아래에서 보여 주는 환호.
그게 한시온의 유일한 리얼리즘이었으니까.

단 한 번도
장난친 적 없어

후렴이 끝나며 안무가 쏟아진다.

* * *

"안녕하세요."

노래를 끝내고 인사를 하자 온갖 비명이 터져 나온다.

안녕, 보고 싶었어, 부터해서 내 이름이 들어간 응원문구까지.

"정말 고마워요. 응원해 줘서."

진심이다.

여기 모인 이들은 날 구원해 주려는 사람들이니까.

난 평소에는 담백한 사람이지만, 무대 위에만 오르면 감성적으로 변하는 사람이다.

그래서 나도 모르게 좀 많은 이야기를 했고, 팬들의 질문에 대답을 했다.

MICE 센터는 국제회의나 토론을 위해 만들어진 곳이고, 소리의 반향을 잘 조절해 놨다.

이게 무슨 말이냐면, 객석에서 말을 하면 무대 위에서도 잘 들린다.

굳이 마이크를 잡지 않아도.

그렇게 한참을 떠들다가 멈칫했다.

아무래도 멘트가 너무 길었던 것 같다.

자리에서 일어나 무대 위에 이미 마련되어 있었던 그랜드 피아노로 다가갔다.

나한테 가장 익숙한 악기는 기타다.

보컬이 아닌 악기 플레이어로 활동을 할 때도 보통은 기타를 치고, 작곡적인 영감도 기타를 가지고 놀다가 제일 많이 얻는다.

하지만 가장 잘 다루는 악기는 기타가 아니다.

피아노다.

클래식에 도전하던 회차 때의 나는 피아니스트였으니까.

클래식 업계에서 최고가 될 순 없었지만, 그래도 쇼팽 콩쿠르에서 공동 4위까지도 해 봤다.

피아노의 매력은 누가 뭐래도 풍부한 선율이다.

그 선율에 감정을 담을 수 있게 되는 지경에 이르면, 피아노로 말을 할 수도 있다고 생각한다.

그리고 난 그 경지에 닿았다.

"보시다시피 저 혼자라서, 나머지는 타임 트레블러가 해 줘야 해요."

내 말이 끝나기 무섭게 '티티!'라는 소리가 산발적으로 들린다.

"……티티가 해 줘야 해요."

제법 익숙해지긴 했지만 아직도 조금 민망하다.

하지만 그런 내 민망함이 좋은지 사람들이 웃음을 터트린다.

민망함을 날려 버리기 위해서 재빨리 연주를 시작했다.

 쉽게 친 인트로가 들리자마자 팬들이 환호성을 내지른다.

 〈RESUME〉였으니까.

 베드룸 팝은 간단하면서도 몽환적인 선율을 특징으로 하지만, 난 이렇게도 칠 수 있다.

 🎵♪♩♪♩♪♩♪

 화려한 피아노 연주가 레주메의 인트로를 풍성하게 만든다.

 사람들에게 익숙한 메인 선율은 그대로 뒀지만, 주변을 화려함으로 꽉 채웠다.

 나한테 클래식 피아노를 가르쳐 준 사람은 헝가리의 거장인 릴리 피셔다.

 내가 클래식에 도전한 나이는 스무 살이고, 보통 그 나이쯤 되면 거장들의 제자가 될 수 없다.

 아무리 나이가 많아도 열다섯 전에는 시작해야 하니까.

 하지만 그녀는 내 재능을 아까워했고, 날 제자로 받아 줬다.

하지만 결국은 내가 최정상의 피아니스트는 될 수 없다고 단언했다.
이유는 하나였다.

"넌 연주를 할 때면 지나치게 감정에 취해."
"그건 전달하는 재능은 타고났지만, 넌 네 감정을 강요해."

처음엔 릴리 피셔의 말을 부정했지만, 클래식에 마지막으로 도전하는 회차에서 결국 인정했다.
맞는 말이다.
난 사람들이 내 음악을 듣고 나와 같은 감정을 느끼길 원한다.
하지만 클래식은 해석의 폭이 넓고, 다양한 감정을 느낄 수 있어야 한다.
그래서 나한테 맞지 않는 옷이었다.
하지만 대중가요는 좀 다르다.
가사가 있으니까.
난 레주메를 듣는 사람들이 따뜻함을 느끼면 좋겠고, 행복을 느끼면 좋겠다.
그 외의 다른 감정으로 이 노래를 듣는 게 상상이 안 된다.
그리고 다행히 팬들은 나와 감정이 같다.

화려한 변주를 표현하던 연주가 다시 원래의 지점으로 돌아왔다.

무대 아래로 시선을 보내자, 티티가 한목소리로 입을 연다.

Woo- 안녕
밤새, 좋은
꿈을 꿨는지
따뜻한 기분

생각보다 잘 불러서 놀랐다.
박자도 정확하고.

Woo- 안녕
조금, 빨리
하루를 시작해
산뜻한 아침

이번엔 나도 함께 불렀다.
원래는 내 파트가 아니면 부르지 않으려고 했지만, 흥이 돋았다.
그렇게 우리는 레주메를 힘차게 불렀다.

좀 재밌는 건, 내가 후렴을 부를 때면 팬들이 떼창을 하지 않았다는 것이었다.

정확히 내 파트만 남겨 놓는다.

내 목소리를 감상하고 싶다는 듯이.

아니, 근데 후렴은 좀 따라 하고 싶지 않나?

대단한 인내심이다.

우린- 여기서

간절하면서

원하고 있는걸-

하지만 후렴의 끝에 난 다시 한번 변주를 줬다.

지치지도 않는지 다시 환호가 터진다.

이번엔 서머 크림이다.

* * *

소극장 공연?

팬 미팅? 팬 사인회?

아니면 레크리에이션?

뭐라고 불러야 할지 모를 행사가 쉬지 않고 이어졌다.

노래 3곡을 들려주던 처음 15분 정도는 진행자가 없었지만, 그 뒤로 진행자가 들어왔다.

TV에서 본 것 같기도 하고, 아닌 것 같기도 한 MC였다.

그는 무명에 가까운 MC였지만, 능숙하게 한시온과 티티의 만남을 이끌어 갔다.

애초에 능력 있는 사람을 뽑아서 고용했으니까.

"33번! 33번 무대 위로 올라오세요! 올라오면서 소원 생각해요!"

확실히 정상적인 팬 사인회는 아니었다.

하지만 한시온은 MC가 뭔가를 진행할 때면 무대 아래로 내려가서 순서대로 사인을 하고 이야기를 나눴다.

또한 받은 선물을 눈앞에서 착용하기도 했다.

사실 한시온은 팬들이 350명이나 돼서 바쁘게 움직이고 있었지만, 다른 세달백일 멤버들은 아니다.

이이온이 180명 정도였고, 나머지 멤버들은 100명 안팎.

시간은 충분했고, 각자의 홀에서 각자의 방식으로 팬들과 시간을 보냈다.

끼가 적은 온새미로는 MC에게 많은 걸 의존했고, 끼가 많은 최재성은 본인의 많은 걸 기획했지만.

중요한 건 어쨌든 즐겁다는 것이었다.

게다가 세달백일 멤버들은 꽤 솔직했다.

팬들이 짓궂은 질문을 던져도 술술 대답했다.

"팀 내 외모 서열 1위요? 제가 아닐까요?"

이이온의 말에 이이온의 팬들이 박장대소했지만, 이이온은 지극히 객관적인 대답이었다.

그렇게 진행된 팬 사인회에서 가장 먼저 끝난 것은 참여 인원이 적었던 최재성이었다.

진행 방식이나 중간 중간 내용은 다 달랐지만, 큰 틀에서 팬 사인회의 진행은 비슷했다.

당연히 인원 수가 적은 쪽이 빨리 끝난다.

최재성의 팬들은 행사가 끝났다고 생각했지만, 최재성과 팬 매니저의 안내하에 MICE 센터 앞에 서 있는 버스에 올라타야 했다.

물론 원한다면 집에 갈 수도 있지만, 일정이 있어서 귀가하는 사람은 딱 두 명뿐이었다.

그 두 명도 거의 울면서 떠났다.

그렇게 버스에 올라탄 최재성의 팬들이 근처의 체육관에 도착할 때쯤, 온새미로의 홀도 끝이 났다.

순차적으로 팬들이 체육관으로 이동했고, 마지막은 한시온이었다.

기어코 350명을 다 사인해 준 한시온과 그 팬들이 마지막으로 체육관에 도착했다.

MICE 센터와 멀지 않은 체육관은 세달백일이 빌린 곳이었고, 고급 음향 장비로 꽉 채워 놓았다.

왜냐하면, 공연을 위해서.

한시온을 가장 좋아하긴 하지만, 구태환이나 온새미로를 보고 싶어 하는 팬들이 있다.

혹은 굳이, 굳이 한 명을 고르긴 했지만 올팬도 존재한다.

특히 티티 1기는 세달백일의 출발부터 최대호 강점기를 함께 지내 온 사람들이기 때문에 전반적인 멤버들에 대한 호감도가 높았다.

곡의 분량 문제 때문에 이이온의 개인 팬들 중에는 한시온을 싫어하는 이들도 있었지만, 큰 문제가 될 선은 아니었다.

"안녕하세요!"

그래서 완전체로 모인 세달백일의 등장에 거대한 환호가 터져 나왔다.

그렇게 약 850명 앞에서 공연이 시작되었다.

* * *

SNS와 인터넷에 세달백일의 팬 사인회 후기가 도배되기 시작했다.

원래 이런 후기는 아이돌판 커뮤니티에서 떠돌기 마련

이지만, 세달백일은 일반 대중들의 호감도와 관심도가 몹시 높은 그룹이었다.

-아니 미친 세달백일은 돈 벌 생각이 없냐?
-이 소리도 지겹다, 이제.
-저러고 굿즈 판 거 아니야?
-나눠 줬다던데?
-뭔 연예인 걱정이야. 알아서 벌겠지ㅋㅋㅋ 앨범 100만 장 돌파했고, 빌보드에도 올랐었는데.
-하긴 뭐.
-세달백일이 똑똑한 거임. 미래에 대한 투자 같은 거지. 이제 팬들의 충성도가 다르잖아.
-진심으로 세달백일은 회사가 없어서 다행인 듯.
-SBI 엔터테인먼트 무시하냐?
-그게 뭔데
-세달백일 회사 이름임ㅋㅋㅋㅋ
-ㅋㅋㅋㅋㅋ뭔가 구린데

아이돌 업계의 감성과 조금 떨어진 일반 대중들은 자본주의의 관점으로 상황을 해석했다.
하지만 아이돌 커뮤니티는 좀 달랐다.
그들은 세달백일의 의도에 집중했다.

익숙한 팬 사인회 포맷이 아니고, 참여 인원이 지나치게 많았기 때문에 아쉬운 지점들도 많다.

하지만 그래도 의도가 명확하지 않은가?

팬들의 성원에 보답하려는.

-이건 좀 부럽다.

-최재성 팬싸 후기 보니까 장난 아니었던데. 80명 정도밖에 없어서 거의 소모임이었대.

-한시온 쪽은 바빴던 듯?

-300명이 넘게 모였다니까. 그래도 알차 보이던데.

그런 이야기들이 돌아다니자, 누군가 팬 사인회에 들어간 비용을 추측해서 인터넷에 올리기도 했다.

사람들은 세달백일이 진짜 돈 벌 생각이 없어 보였다고 했지만……

"자, 이제 돈 좀 벌어 볼까?"

현 시점에서는 틀린 말이었다.

강석우 피디가 진행하는 셀프 메이드 촬영이 본격적으로 시작되었기 때문이다.

(빌어먹을 아이돌 8권에서 계속)